妹《いもうと》は幽霊《ゆ〜れい》ですが、なにか？

仲野ワタリ
イラスト 桜木 蓮

主な登場人物

妹は幽霊ですが、なにか？

駿《する》河《が》沙《さ》羅《ら》

駿河家の６人兄妹の末っ子。３歳の時に不慮の事故でこの世を去ってしまったはずの女の子だ。一族の不思議な祈祷の影響で幽霊となり、実の兄である犬千代と一緒に行動している。幽霊ではあるが、犬千代にははっきりとした姿で見えている。高校生くらいの姿に成長し、兄妹である以上に犬千代を愛している。

駿河《するが》犬千代《いぬちよ》

叔父が管理する曼荼羅シェアハウスの管理人となる大学生。6歳の時、葬式で沙羅の幽霊と出会う。沙羅の兄だが本心では、沙羅を愛している。

魔周院《ましゅういん》杜美《もりみ》

シェアハウスから 15 分くらいの神社で巫女をやっているゴスロリ好きの漫画家志望で 21歳。甲州の実家も神社。

長門《ながと》蓮花《れんか》

世間から注目を浴びている人気ジュニアアイドルの美少女中学生。仕事や学校には芸能事務所の車で通っている。

紫電《しでん》雷《らい》

カンフーが得意なショートカットの美少女で大学生。普段はカンフー服だが、学校では恋活のため、お嬢様ファッションで身を固めている。

八重山《やえやま》珊瑚《さんご》

シェアハウスで一番のスタイルを誇る23 歳の美女。ピンク色のネコ耳カチューシャをいつも着けている。公務員らしいが、何をしているかは不明。

南部《なんぶ》航《こう》

MD０１の呼び名をもつゲーマーの高校生。コスプレが大好き。犬千代や沙羅の叔母である梨紗の姪で、二人とは親戚にあたる。

▼▼ CONTENTS ▲▲

【プロローグ】　あの夏の日のこと

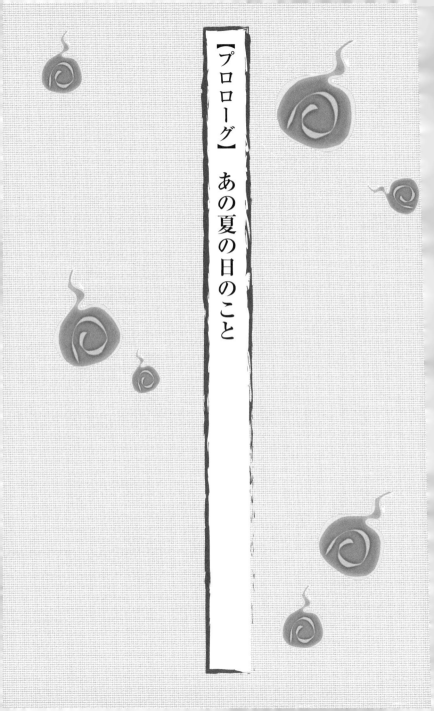

十二年前の七月。

まだオレは六歳、小学校に入ってはじめての夏休みを迎えた日のことであった。

なんといっても夏休み第一日目である。

さて、なにをして遊ぶか。どんなわくわくが待っているか。

普通の小学生なら、この世に生まれた幸せをこの上なく噛み締めているはずであろうこのとき、オレは着たくもない黒いよそ行き着を身にまとい、一人庭先の草むらにしゃがみこんで、雑草やその下を徘徊するアリたちを所在なげに眺めていた。

冷房を効かせるために窓を閉め切った家の中からは、あいもかわらず子供の耳には正体不明の呪文としか聞こえない「オオオオオオ――――ッ!」という雄叫びをともなった妙ちきりんな祈祷が聞こえてくる。

六歳のオレはついさっきまでいた仏間を思い出す。

襖という襖を取り払ったその畳敷きの広間には祭壇が置かれ、集まった百人近い親戚や知人、近所の人たちがそれに向かってひたすら頭を垂れていた。

ここまで言えば、家の中でなにが行なわれているのか察しがつくだろう。

そう、この日、我が家では葬儀が営まれていた。

会場となっているのはうちの隣にある父の実家だった。父方の祖父母と伯父の一家が住むその広い屋敷に人々が集まり、死者を弔っていた。葬儀は神職が執り行なっていた。我が駿河家は代々お骨は檀家であるお寺の墓地に埋葬するけれど、葬式や結婚式などの祭事は神社にお任せするのが慣わしなのだ。古くから地元で日本酒の蔵元を営む家としては近所づきあいが大事ということで、そういう七面倒臭いことをしているのだった。

問題は、神主さんの祝詞が終わってからだった。何日か前に来た「東京の親戚」とかいう人たちが「わたしたちにも」と、妙な祈祷を始めた。この人たちは着いた日も、その次の日もおどろおどろおどろしい呪文を唱えてはオレを怖がらせていた。

十八になったいまでもそうなのだが、オレは小さいころから怖いものが苦手だった。ゲームやフィクションの世界は別として、この身が直接触れる世界では幽霊だとかお化けだとか、またそれらを想起させるものがあればすかさず逃げてきた。この葬儀の日も例外ではなかった。

目の前の祭壇には棺があった。

「子どもたちに見せてはならん」

祖父の命で、棺はかたく蓋で閉ざされていた。普通なら窓を通して見られる顔もすべて花で覆われていた。

正直に白状しよう。

会場の雰囲気よりも「親戚」の雄叫びよりもなによりも、オレにとっていちばん恐ろしかったのは、この棺であった。

棺の中には死者が目を閉じて横たわっている。

人の形をしていながら、もはやそれは目を開くことも口を動かして話すこともない。

意思を持たぬ肉体は、オレに想像以上の恐怖を与えた。

大人たちの話では、棺はこのあと焼かれるという。

そう聞いただけでダメだった。

焼かれていて、もし途中で目が覚めたらどうなるんだろう？

一瞬でもそんなことを考えたが最後、オレはその場にいることができなくなった。

たまらず席を立ったオレを四歳上の姉が見咎めた。

「犬千代、じっとしていなきゃダメ」

「お姉ちゃんが座れって言っているでしょ」

ぐいっとオレの袖を引いたのは二歳上のもう一人の姉だった。

「お、おしっこして来る」

隣にいた双子の妹は軽蔑したような顔でオレを睨んでいた。

「どうせこわいんでしょ」

「そんなんじゃないよ」

横には従姉妹たちもいる。怖じ気づいたとは思われたくなかった。オレはこの家に何人もいる孫の中で唯一の男子だった。

姉の手から逃れたオレは、トイレに行き、そのまま外へと飛び出した。


祈祷が耳に入らない場所まで来た。

振り返ると母屋は遠く、オレと棺との間には一面のなす畑が広がっていた。反対側の台地の先には遠く水平線が見えた。頭上には太陽が輝いている。オレの額はその陽光に汗で応えていた。

やっと「夏休み」といえる場所に辿り着いた。

この数日間のことはよく覚えていない。

残っているのは断片的な記憶ばかりだった。

家族にたいへんなことが起こって、病院に行った。最初、オレはそこにあるものを見て

「起きるのだろう」と思った。だが、大人たちは「かわいそうに」とハンカチを顔に当てるばかりだった。なにかしきりに訴える母に、「いさぎよくあきらめろ」と祖父が声を荒らげて怒鳴ったことは覚えている。そこに「親戚」がやって来て、気味の悪い祈祷を始めた。泣いているオレを、東京から来た「親戚」の奥さんが慰めてくれた。まだお姉さんと言っていいような、とてもきれいな人だった。

「悲しいのね」

奥さんは、そう言って包み込むようにオレの頬にふたつの手を当てた。あたたかな手だった。

それしか覚えていない……。

暑い。

なす畑の横には、それよりも背の高いミニトマトの畑があった。日射しをよけようとしているのか、足は勝手にそっちに向かった。

オレよりも背の高いミニトマトの畑は、日射しからも大人たちの目からも隠れるのに最適だった。

ミニトマトの房の多くは赤い実をつけていた。

「にーたん」

声に振り向くと、一本の茎の陰から幼い顔が覗いた。

「沙羅！」

妹の沙羅だった。

「なんだよ、お前も外にいたのか」

「うん」

三歳の妹はお気に入りの花柄が入ったパジャマを着ていた。

「はい、これ」

沙羅が突き出した両手には、赤く熟れた大小のミニトマトがあった。

「あーとっちゃったのか。怒られても知らないぞ」

「沙羅、にーたんと食べるの」

妹はあどけない顔でニコッと笑った。いつも人を臆病者扱いして小馬鹿にしている二人の姉や双子の妹とは違い、こいつだけはオレを兄と慕いなついていた。そんな妹を、オレはもちろん可愛がっていた。

「しょうがないなー。おかあさんたちには秘密だぞ」

「にーたん、おっきいの」

「ありがとう」

沙羅はオレに大きい方のミニトマトをくれた。まだ三歳ながら兄想いの妹だった。

「はい、沙羅、あーんして」

「あーん」

オレは先に小さいミニトマトをつまんで沙羅の口に入れてやった。

「にーたんもあーん」

オレも「あーん」してミニトマトを口に入れてもらった。

ぐしゅっと口の中でつぶれたミニトマトから、甘い果汁が溢れた。

「おいしいな。あれ？」

見ると、沙羅が食べたはずのミニトマトが足もとに転がっていた。

「せっかくあげたのにちゃんと食べなかったのかよ」

沙羅はにこにこしている。

「にーたん、あそぼ！」

「うん。なにして遊ぶ？」

夏休みは始まったばかりだ。これから毎日、沙羅とたくさん遊んであげられる。

風が吹いた。

その風に乗って、かすかに家の方から祈祷が聞こえてきた。

「みんな、なにやっているんだろう」

オレは沙羅の耳に口を寄せて、ひそひそ声で言った。

「沙羅はここにいるのにな」

「いるよ」

妹が笑ってこたえた。

「沙羅、犬千代にーたんといっしょ！」

オレはもう一度、家の方角を振り返った。

祖父母の家の仏間では、いまも不慮の事故で世を去った妹・沙羅を弔う儀式がつづいていた。

【第1章】　夜行バス

地元の町を夜の十時に出発した高速バスは、一路東京をめざし高速道路をひた走っていた。

荷物は中型のキャリーケースがひとつだけ。あとの私物はすでに東京の新居に送ってある。

三月も、残すところあと三日。四月からは大学生。新生活が始まる。初めてとなる東京での生活、初めての一人暮らし。

姉や妹に虐《しいた》げられ続けた忍耐の日々とはおさらばだ。オレは東京に行って、これまでとは違う人間になるのだ。そう誓っての上京だった。

とりあえずの目標は真っ当な大学生となること。なんぞサークルにでも所属して青春を謳歌し、きっと出会うであろうかわいい女の子と恋をするのだ。それがオレの目下の夢であり目標だった。

今度はきっとうまくいくはずだ。

なにしろ「ヤツ」を置いてきたのだ。

出発前、「ヤツ」とは話しあった。これまでの日々を、そしてオレと「ヤツ」との関係を振り返れば当然のことであった。小学校から高校に至るまで、オレは「ヤツ」の助けを借りて幾度となく急場をしのいできたのだ。運動会の徒競走では背中から押してもらい、学芸会のお芝居でセリフを忘れたときには耳もとでそれを囁いてもらい、ケンカの際は相手の足もとをすくってもらい（もちろんオレは相手が転んだすきに一目散に逃げる）、といった具合にオレは人生のさまざまな局面でヤツの助けを借りてきた。それには感謝している。

だが邪魔もされた。

とくにオレが女子に懸想するとき、「ヤツ」はあからさまに不機嫌になってオレの恋路に落とし穴を掘ったり壁をつくったりと、およそ思いつく限りの妨害をしてきたものだった。

それはともかく、このままヤツといたのでは一生自立できそうにない。そこで大学入学を機に誓ったのだった。一人で生きていこうと。

オレは目を血走らせて「ヤツ」に訴えた。男には庇護者の元から離れて生きていかねばならぬときがくるのだ、そしていまがそのときなのだ、と。

「あっそ」

「ヤツ」はそう答えた。

「じゃあ勝手にすれば」

拍子抜けするような聞き分けの良さであった。

オレは「ヤツ」の手をとり、「夏休みや正月には帰って来るからさ」と笑顔で別れを告げた。

やった。これで自由の身だ！

そう思ってバスに乗った。

なのに、これはなんだろう。

実を言えばさっきから、頬をなにか冷たいものが伝っていた。どうも発信源は左右の目であるらしい。その目はといえば潤んでいるのがぼやけた視界からわかる。

「沙羅」

オレは「ヤツ」の名を呼んだ。

「……ごめん」

口にすると、ますます涙腺がゆるんできた。

いかんいかん、せっかくの門出だというのに涙なんぞで湿らせるとは。

楽しいことを考えよう。

バスは明日の朝には東京駅のバスターミナルに到着する。そこからは電車に乗って二十三区内の某所にある新居へ向かう。

先程、「一人暮らし」と言ったが、正確には違う。「一人暮らし」というのは家族から離れて一人で暮らすという意味であって、オレの向かう先にはほかにも住人がいる。

いわゆる「シェアハウス」というやつだ。

しかもオレは、その「シェアハウス」に管理人として乗り込むのである。

十八歳の大学一年生がなぜ管理人なのか?

簡単に説明すると、こういうことだ。

「犬千代、大学に受かったらうちのシェアハウスに住め」

大学入試を控えた正月のこと、オレにそう言ってきたのは母の兄である宏大伯父さんとその妻の梨紗伯母さんだった。

東京の大学で民族学を教えている伯父さんは、都内にビルやマンション、幼稚園、病院などを持つ資産家で、広い自宅の一部をシェアハウスにしている。

「家賃は無料《ただ》にしてやるから、その代わり管理人をやってくれ」

うまい話には裏があるという通り、伯父さんは条件を出してきた。素直に明かすと、このときオレは内心「え～」と思った。どうせ東京に出るならアパートで自由に一人暮らしがしたい。親戚の監視の目があるような場所で、しかも管理人などという面倒くさそうなことをやらされるのは真っ平だった。

思っただけではない、オレは口でも「ち、ちょっと待ってよ。そんなこと急に言われても」と不平を洩らした。

「ちょっと待つのはお前の方だ。人の話は黙って最後まで聞け」

伯父さんにそう言われ、オレはとりあえず警戒を解かずに話とやらを聞くことにした。話は悪いものではなかった。いや、聞いているうちにむしろ素晴らしいものに思えてきた。

「実はこの春から俺は大学を休む。梨紗と二人で何年かかかる長い旅に出るんだ。その間、家とシェアハウスをお前に任せたい」

これでオレのコンパスはぐるりと変針した。伯父さん夫婦には子供がいないから、夫と妻が旅に出れば家はもぬけの殻となる。

ということは、第一の障壁である「監視」はクリアだ。

イエーイ、ってなもんだ。

「入居者はみんないいコたちばかりだからな。手がかからなくていいぞ」

「いいコたち？」

「コ」に反応したのは言うまでもない。

「あ、言っていなかったか。うちのシェアハウスは女子しかいないんだ。下は中学生から上は二十三歳の公務員。いまんとこ住人は五人だな」

伯父さんは見透かすような目でオレを見るとニヤリとした。

「どのコも器量良しなんだけどな、聞いてわかるようにシェアハウスなんかに暮らしているくらいだから彼氏がいないんだ」

オレは手のひらを返した。

「おまかせください！」

ついでに胸も張った。

「この駿河犬千代。伯父さんたちのシェアハウスを管理させていただきます！」

「よしよし、これでお前にかけられた呪いも解けることだろうよ」

「また始まった。オレそんなものにかかっていませんけど」

なにもなくてもすぐに「呪い」とか「祟り」とか言い出すのは伯父さんの癖だった。

「絶対に悪いことはないわ」

そう言ったのは横にいた梨紗伯母さんだった。

「とにかくうちのシェアハウスに来なさい。あなたたちのためよ」

あなたたち、と言われてオレは少し興奮した。伯母さんは五人いる女子とオレを引き合わせて、そこからなにか花が咲けばいいとでも願っているようだった。

咲かせてみようじゃないの。恋の花でも青春の花でもウエルカムっすよ。

「行きます！　万難も受験もブレークスルーして行きます。行ってみせます！」

宏大伯父さんは満足げに頷くと、鼻息を荒くしている甥に「我が家は勇気のある男が好みだからな」とはっぱをかけた。まるで「家」に人格があるみたいな言い方だったけれど、たぶん住人たちのことを指していたのだろう。オレはそう解釈した。

それからの一ヶ月間のオレの猛勉強ぶりは駿河家の歴史に「奇跡」として記されるに値するものであった。尋常でないガリ勉は功を奏し、オレは記念受験で終わるはずだったまさかの第一志望合格を果たした。そしてそれはオレだけではなく思わぬ福音をもう一人の受験生にももたらした。へたれ兄の変貌に負けてはならぬと奮起した双子の妹の波琉は、これも合否五分五分の確率であった国立大への進学を成し遂げた。

その双子のかたわれは、すでにオレより一足早く上京している。住まいはやはり都内の大学に通っている二歳上の碧姉のアパートだ。二人はここで一緒に暮らすことになっている。

ついでだから説明してしまうと、オレにはこのほかに四つ上の姉と八歳下の妹がいる。長姉の安寿はこの春に大学を卒業し、オレや波琉とは入れ替わりに地元に戻って来た。四月からは県内の中学校で教師をすることになっている。

末の妹の眞音はこの春で小学五年。オレにとっては長らく唯一御すことのできる妹であったが、ここ一、二年のうちに姉たちの影響を受けてどんどん兄を見下すようになってきた。完全に立場が逆転せぬうちに袂を分かつことができたのは幸いと言えよう。

ちなみに眞音と波琉の間にはもう一人妹がいる。こいつの話はここではやめておこう。

なぜならば、こいつのことを思うと、またさっきのような感傷に浸ることになってしまうからだ。

一瞬、顔を伏せたオレは「いや、いいんだこれで」と呟き、ふたたび外に顔を向けた。灯りのほとんどない田舎を走るバスの窓はなかば鏡と化していた。外を見ようとしても、見えるのは自分の泣いた顔と映り込んだ車内の空間だけだ。

つんつん、と後ろからわずかに頬をつつかれる感触がした。

「……？」

オレはゆっくりと顔をそっちに向けた。

そして目ん玉が飛び出るくらい大きく目を見開いた。

「さ…沙羅」

目の前に、沙羅の顔があった。シートの肘掛けに乗って、こっちを見ている。

「なに一人でぶつぶつ言ってんの？」

沙羅が訊いた。

「犬千代、ひょっとして泣いてた？」

細い指がオレの頬をなぞった。

「わかった。わたしと離れて寂しかったんだ」

ニッと笑うその下は、いつものパジャマ姿だった。

「おおお、お前っ、な、な、なんでいる？」

声を裏返したオレに、妹は顔を寄せ、「しっ！」と指を口に当ててみせた。

「声大きいよ。ほかの人に聞こえるよ」

バスはがら空きだったが、乗客はほかにもいる。オレはぐっと声を抑え、低いが鋭い声で詰問した。

「言ったじゃないか。東京には一人で行くって。勝手にすればって言ったのは誰だよ」

「わたしだよ」

妹はオレから顔を離すと立ち上がり、点検するようにバスの車内を見回した。そしてまたこちらを見ると「ふう」と息をして肩をすくめてみせた。

「仕方ないじゃん。気が付いたらこのバスの中にいたんだから」

「……またかよ」

ぼやくオレに、沙羅は屈託なく笑ってみせた。

「修学旅行や受験のときと一緒だよ。結局、犬千代とわたしは離れられないんだよ」

髪型は三歳児のころから変わらないボブ。だけどそこにあるのは十五歳に成長した顔。その顔が笑っている。

「あのときもそうだったじゃん。ついて行かないことになっていたのに、いつの間にか横にいるんだもん」

そうなのだった。高二の修学旅行も受験のときも、オレは沙羅に「一人で行く」と宣言して家を出た。なのにある程度家から離れると、たとえ飛行機の中だろうが新幹線の中だろうが必ず沙羅が現われるのだった。そこから導き出された結論は、どうもオレとこいつはある一定の距離以上は離れることができないらしい、ということだった。二人の間がそれを越えると、沙羅はどこにいても自動的かつ強制的にオレの前にやって来るのだ。次元の壁も物理の壁も瞬速で乗り越えて、やすやすとだ。

二度あることは三度ある。

沙羅は、ふたたび顔を近づけてくるとオレの胸の内を代弁した。

「犬千代だって、本当は心のどこかでこうなるんじゃないかって思っていたんじゃないの」

それは自分も同じだろう。だからオレの提案に「あっそ」と簡単に答えたのだ。こいつにはこうなるということがはじめからわかっていたのだ。

打ち明けよう。

さっきは「自立」だの「男とは」だの「自由」だのと勇ましい言葉を振りかざしていたオレだけど、一方で心の奥底ではこうなればいいと願っていたのである。

「ヤツ」こと沙羅はただの妹ではない。

こいつにはオレしかいない。オレがいなくなると一人ぼっちになってしまう。

一人遊びは得意なやつだが、本当にそうしてしまうのは忍びない。

それでもオレは心を鬼にして沙羅からの自立を計った。姉たちの圧政下ですっかり下僕体質に育ってしまったオレだけど、高校卒業を迎えて男子として脱皮を決意したのは前述した通りである。

それともうひとつ、オレには沙羅から離れなければいけない、ある切実な事情があった。

これは頭で考えたというより、本能がそうさせたと言った方がいいだろう。

子どもの頃はまだしも、だんだんと大きくなってきた沙羅は、オレにとっては脅威であった。

なにが脅威かって？

できれば口にはしたくない。

男ならわかるだろう、いや、女だってわかるだろう。

幼馴染みが、成長とともに「異性」へと変わっていく。なんとも思っていなかったその顔がやけに魅力的に見えてくる。それにともない相手に対する自分の気持ちも変化してゆく。

こういうことは、きっとこの地球上にごまんとあることだろう。

普通の男女なら、別にかまいやしない。しかしオレと沙羅は曲がりなりにも親を同じくしている兄妹なのだ。それは、あってはならないことだし、起きてはならないことだ。

にもかかわらず、いつの頃からだろうか、オレの本能はその萌芽を感じとっていたのである。

まずい。これは絶対にまずい。

だから、逃げることにした。オレの倫理観が本音とは違う沙羅との別れを口にさせた。

正確に言うと、どちらも本音であった。本音と本音とがせめぎあって、どうジャッジを下すか自分でも決められないままオレは妹に単身上京すると告げた。たぶん、一度はそうせねば自分の中で折り合いがつかなかったのだろう。

そんなこっちに対し、沙羅は一枚も二枚も上手だった。

「あっそ」とオレをいなし、そのとき＝瞬間移動が来るのを待った。

そして、いまここにいるのだ。

「わかったよ」

これでいい。オレは運命を受け入れることにした。

「一緒に来いよ」

「やった！」

無邪気に喜ぶ妹を見て、「よかった」と思った。安堵していた、と言ってもいい。

これでこいつに寂しい思いをさせないで済む。

だけど、とも思った。

これじゃあ、また今までと同じだ。

いや、「脅威」はますます膨らんでいくだろう。それを阻止するには、オレはオレの心を別の対象へと振り向けねばならない。

「なに考えてんの？」

沙羅が顔を寄せてくる。

「どうせ東京に行ったら彼女つくりたいとか思っているんでしょ？」

「お前な、それは健全な男子だったら考えて当然のことだ」

一般論でオレはかわす。

「健全な女子でも同じだと思うぞ。人という動物は恋愛をするものだ」

「ふーん」

ごまかされないぞ、といった顔だった。が、沙羅が次に放った言葉は意外なものだった。

「わかった。するならちゃんと恋愛しようよ」

「えっ」

戸惑うオレに、妹は「ふっ」と、これまで見せたことのない大人びた表情で微笑んだ。

「わたしも決めたんだ」

決めたって、なにを？

「そう不思議そうな顔しないでよ。だいたいわかるでしょ」

だいたいどころか、ちっともわからないんですけど。

「もしね、もし今度もまた犬千代のところに瞬間移動したら、そのときはそうしようって決めたの」

それはひょっとして、彼女をつくることを認める、ということなのか。

「家からも離れるわけだし、わたしたち、いままでとは違う関係になってもいいかなって思ったんだ」

「沙羅……お前」

妹の言葉に、オレは困惑しつつも感動していた。

「いいのか、オレ、本当に……」

彼女をつくってもいいのか。むろん、できればの話だけどな。

「犬千代さえよければ、わたしはいいよ。いつでもオッケー」

こいつがこんなことを言い出すだなんて……。

「迷うことないよ。別に法律とかで縛られているわけじゃないし」

嬉しい。でも、ちょっと寂しいのはなぜだろう。

「ねえ、ちゃんと聞いてる？　いま大事なこと言っているんだよ」

ええい、深いことは考えなくていい。

「沙羅ああああ――――っ！」

オレは自分の中に湧いたなにかを無視して妹をギュッと抱きしめた。ほかの人だったらスカッと手がクロスするところかもしれないが、長年の経験でオレにはあるかないかといった妹の感触がつかめていた。

「犬千代、調子こきすぎ！」

「誰か見ているか」

「見ていないけど」

見られたところで、一人でおかしな格好をしているアブナいやつと思われておしまいだ。

沙羅の姿は、オレにしか見えない。

妹は「肉体のない魂だけの存在」なのである。

沙羅の肉体は、十二年前、事故によって失われた。

だが、沙羅は死んではいなかった。肉体を失ってもなおその魂は生きつづけ、こうして十五歳の今日になるまで成長しつづけてきたのだ。

そもそも三歳児だった妹には「死」の概念なんてものはなかった。当時六歳だったオレも似たようなものだ。

葬式の日、オレたちは母屋で当の沙羅本人が弔われていることなどコロリと忘れて、無邪気にミニトマト畑で遊んだ。

それからも沙羅は、ずっとオレの横にいた。オレの部屋で寝起きし、オレとともに行動し、成長した。戸惑ったのは最初のうちだけだった。はじめの頃、「沙羅」と妹の名を呼ぶオレを、家族やまわりの人たちは不憫な目で見ていた。

「犬千代にはまだ沙羅が死んだってことがわからないんだね」

涙ぐんでそう言ったのは祖母だった。

オレも沙羅もすぐに、どうも家族には沙羅の姿が見えていないということがわかった。いくら沙羅が話しかけても、甘えようとしても、両親も祖父母も姉たちも、誰一人気が付かない。それればかりか、沙羅の写真を見ては涙ぐんでいる。

沙羅はたいした三歳児だった。自分がすでに家族の中にはいない存在だと気付くと、オレだけに接するようになった。ほかの姉妹たちが「犬千代」と呼んでいたこともあって、やがて沙羅もオレのことは「犬千代」と呼ぶようになった。「おにいちゃん」と呼ぶときもあるが、それは一日に一度、決まった時間帯だけだ。

オレたちはいつも一緒だった。

その期間が長じるにつれ、お互い一人でいる時間も増えてきたけれど、それでもオレにとって家族の中でいちばん近い存在というと沙羅だった。兄と妹というよりは相棒同士、普段のオレたちはそんな関係だった。

沙羅は真っ直ぐな性格だ。オレに力を貸すのは、頑張って頑張って、もう一息、というときだけだった。「なあなあ、今度のテストでどんな問題が出るか先生の机に行って調べて来てくれよ」なんてリクエストには頷いてはくれない。そんなこと言おうものなら「ずるしちゃダメでしょ！」と逆に叱られる。

だから、オレは高校も大学入試も妹の力は借りずに自分の実力だけで突破した。

真っ直ぐな沙羅は、オレにも真っ直ぐであることを望んだ。オレはそれに応えて生きてきたつもりだ。遺憾ながら現在のところその真っ直ぐさは他人の目には「愚直」としか映っていないようだが。

「東京……楽しみだね」

耳もとで沙羅が囁いた。

「わたしね、行ってみたいところいっぱいあるんだ。渋谷とか原宿とか」

「うん」

「今週ゲームショウやっているよね」

「ああ、臨海エリアの国際見本市だよな。時間があったら行ってみようか」

「行こ行こ！　楽しみぃ〜」

沙羅はオレから離れると「わたしも一眠りしようっと」と、空いている隣のシートに腰かけた。

「そのボタン、ちょっとかたかったけど押せるか？」

「このくらいならできる」

リクライニングシートが、ゆっくりと傾く。沙羅はこんなふうにちょっとした物理的運動なら起こすことができる。さすがに重量のあるものは難しいが、携帯電話やゲーム機くらいは操ることができるし、パソコンのキーを打ったりもできる。物体が宙に浮いたり動いたりするのだから、ほかの人が見たらなにごとかと驚くだろう。

もっとも、気付かれるおそれはまずない。

経験則でオレにはわかっている。沙羅が自分一人で行なうことは、まずたいてい他人には気付かれない。たとえ目に入っても、どうも意識されないらしい。これはオレなりの解釈なのだけど、沙羅の起こす物理的現象は紫外線や赤外線といった光が人間の目に映らないのと同じで、普通の人の目には認識されないもののようなのだ。

うまくできていると言えばうまくできている。

ただ、ときどきオレは考える。

この世にはもしかして、沙羅のような存在がもっとたくさんいるのではないか。オレたちの目に映らないだけで、そうした「肉体を持たぬ魂だけの存在」は其処彼処にいて、それぞれ活動しているのではないかと。

そう、例えばネットの中とかに。

沙羅はリアルではオレとしか話すことができないが、実はネットの中ではオレのパソコンを通じて大勢の人と会話している。だとすれば、逆にその大勢の人たちのうちの誰かが沙羅のような存在だったとしてもおかしくはない。

はっきりとした答のないことを考えているうちに、眠くなってきた。

隣のシートから呼ぶ声が聞こえた。

「おにいちゃん」

「ん？」

「手えつないで」

〈モード〉が〈妹〉に変わったみたいだった。

手をのばす。感覚で沙羅がぎゅっと握ってきたのがわかった。オレも握り返してやった。

目を閉じた。

バスは闇夜を一路東京へと向かっている。

『曼荼羅《まんだら》シェアハウス』といったか。

薄れゆく意識の中で、オレは伯父さんのシェアハウスのことを思った。

曼荼羅とはまたおかしな名前をつけたものだ。大学で呪術を研究している伯父さんらしいネーミングだ。

「いいコたち」ってどんな女の子たちだろう。

沙羅が横にいる安心感、そして東京での生活への期待感を子守唄にオレは眠りについた。

【第2章】 沙羅が見える⁉

「はあ～、本当にこの辺なのかなー。おかしいだろっての！」

怒っているのではない。オレは怒る気力すらなくただぼやいていた。

「ねえ犬千代、こっちでいいんじゃない」

沙羅が十字路の右手を指差す。

「オレは疲れた。お前ちょっとひとっ走りして見て来てくんね」

「わかった」

寝不足に加え、慣れぬ東京で電車に乗り、やっとこさ着いた二十三区内某所。オレと沙羅は自分たちの新居となる『曼荼羅シェアハウス』を探しているところだった。

「こんなことなら予備のバッテリーを買っておくべきだった」

恨めしげに携帯の画面を見つめるオレ。携帯のナビを使ってシェアハウスを目指すつもりでいたのに最寄り駅に着く前にバッテリーが切れてしまったのだ。おかげでこのていたらくだ。伯父さんの話では駅から十分程度と聞いていたのに、もうかれこれ三十分ほどこの付近をさまよっている。キャリーケースを引くのにもいい加減飽きていた。

「ふう～。誰かに道を訊くにもこれじゃあなあ」

十字路から四方の道を見渡すが、目につくのは小さくなってゆく沙羅の背中だけ。ほかに人の姿はない。駅前はさすがに人が大勢いたものの、住宅街に入るとこんなものだった。平日の昼だからか、この人気のなさはオレの田舎と大差ない。東京ではきっとこういう場所を「閑静な住宅街」などと言うのだろう。

目線の先には、「閑静な住宅街」にふさわしく公園の緑がある。バッテリーがあるうちにナビで見たが、なかなか広大な緑地を持つ都立公園である。伯父さんたちのシェアハウスはこの公園に隣接しているはずだった。

「にしても暑いな」

夜行バスから降り立った東京は思ったよりもずっと暑かった。どうやら南風のいたずらしく、まだ三月末だというのに夏のような気温になっていた。

日陰が恋しくなったオレは、正面の公園の緑に向かって歩き出した。十字路から見通せるところにいれば、沙羅が戻って来てもわかるだろう。

公園の入口が近づいたところで、右側に延びる道に気が付いた。車がどうにかすれ違えるくらいの広めの路地だった。沙羅のことは頭にあったが、なんとなく惹かれて奥へと歩いた。路地の先には瓦屋根のついた立派な門がある。

磁力に引き寄せられるように門の前まで行った。そして門柱についた小さなプレートを目にし、「ゲッ、マジ?」と小さく叫んだ。

そこにあったのは「ＭＡＮＤＡＲＡ」という文字だった。

プレートの横の住所表記を確かめた。見覚えのある番地と号だ。

「ここがそうなのか？」

門の向こう側には楓や金木犀などの庭木。その先に見えるのはいくら見ても築ン十年、いやへたすっと百年は経っていそうな日本家屋だった。一部は洋館風の煉瓦造り。それにしても古い。

「これがシェアハウス？」

違う。

あまりに違い過ぎる。世間の流行に疎いオレだって、シェアハウスがどんなものかは知っているつもりだった。入試が終わってからは、ネットでいろいろと調べた。検索エンジンに引っかかるシェアハウスは、どれもいかにも若者が好むような洒落たデザインの住居ばかりだった。

もちろん、『曼荼羅シェアハウス』の名前でも検索をかけた。伯母さんが遊び半分で経営している『梨紗組』という名の工務店のホームページには「事例」として『曼荼羅シェアハウス』の内装が載っていた。紹介されていたのはカフェ風にデザインされたダイニングと居間だった。

あの洒落たカフェ風の空間がこの古い家の中にあるというのか？

門から何メートルか離れたところには駐車場があった。とまっているのは乗用車とオートバイ。オートバイには銀色のカバーがかぶせてある。

乗用車を見たオレは、ここが目的地であることを悟った。

停めてあったのは正月に伯父さんが乗って来た白いＢＭＷだった。

ということは、やはりここが『曼荼羅シェアハウス』なのだ。

沙羅を呼びに行く前にキャリーケースだけでも置いておこうと思い、門柱に付いているインターフォンを鳴らしてみた。

誰も出て来ない。

昼日中だし、住人たちはみんな外出しているのかもしれない。

門の横の木戸に手をかけると開いた。中に入ってみる。

石畳の先に玄関がある。初めての家だが、オレにとっては伯父さんの家だ。しかもオレは管理人だ。内心の緊張を隠し、玄関の戸を開いた。女性ばかりのシェアハウスであるし、親戚とはいえさすがに勝手に上がるのはまずいかなと思い、「ごめんください」と声を出した。

静寂。

やはり住人はいないのか。鍵をかけていないとは不用心な。これは風紀を徹底する必要があるかもしれない。

返事がないので、いったん外に出た。

そのまま、なんとなく石畳のつづく先へと歩いてみた。家の壁の向こうには庭の木なのか公園のものなのか、緑しか見えない。まじめな話、ここは東京なのかと疑いたくなる。

庭に出た。

まず最初に目に入ったのは見事に咲いた桜だった。それも一本ではなく三、四本ある。

「うわ……」

桜ならここに来る途中にも何本も咲いていた。東京の町は、オレが思っていた以上に桜が多かった。

にしても、ここのはなかなか見事だ。幹は太く、表面には瘤がいくつもついている。八方に伸びた枝は大満開の花をまとっている。

見とれて桜へと歩き始めたオレは、視界の隅にそれとは違う異物が存在することに数秒の間気付かずにいた。

「ん？」

あらためて振り返ると、そこに立っていたのは肩や胸元をおしげもなく晒したキャミソールにホットパンツという出で立ちの少女であった。

「あ……」

オレが口を開いたと同時に、少女の方も口を開いた。

「キャアアアア――――――――――ッ！！！」

って、なぜ叫ぶ？

慌てたオレが近づこうとすると、少女はさらに大声で叫んだ。

「ギャアアアアア――――――ッ！！」

「まままま、待って、待って、怪しい者じゃありません！」

オレが言えたのはそこまでだった。

ドッ！

という音が本当に聞こえたかどうかはともかく、ものすごい質量を持ったなにかがオレの後頭部に直撃した。

この間が何十秒か、あるいは一瞬のものだったのかはわからない。

目覚めは苦悶と妙な呪文をともなってやって来た。

「うごご……」

「……ンベイシラマンダヤソワカ……オンベイシラマンダヤソワカ……オンベイシラマン

ダヤソワカ……」

オレは地面に伏せていた。首になにかが巻き付いている。その巻き付いたなにかがオレの首を上へと持ち上げている。が、背中には何か重いものが乗っている。必然的にオレはエビ反り状態、息もろくにできずただ「うごうご」と苦悶の声を絞りあげるのが精一杯となっていた。

オンベイシラマンダヤソワカオンベイシラマンダヤソワカ……繰り返される呪文の如き呟きはやがてとまり、

「くおらっ！」

という怒声が耳孔を貫いた。

「なに勝手に入ってんだ！　警察に突き出すぞ、この変態野郎！」

女の声だった。とはいえオレを圧する力は到底女のそれとは思えぬものだった。

「ち……ちがうんれふ」

「はあっ？」

このままでは殺されてしまう。オレは自分をはがいじめにしている相手ではなく、上から腕を組んで見下ろしている先程の少女に目で訴えた。

〈ち、違う。オレはただ……〉

意識が朦朧としてくる。ぼやけてきた視界の中でオレはしょうもないことに気付いた。

よく見るとすげえ美少女だな、と。

そのときだった。

「待って！」

という声が聞こえたのは。

〈沙羅？〉

首を動かすことはできない。だが、声は間違いなく沙羅のものだ。

「犬千代を……兄を離して！」

ありがとう沙羅。でも無駄だ。

だって、お前の声はこの人たちには聞こえない。

それよりも、別の方法でなんとかしてくれ。

でないとオレ……お前とおんなじ……幽霊に一緒になっちゃうだろ……。

しかし、この先の展開はオレの想像とは違っていた。

「兄？」

オレをはがいじめにしている女が訊き返した。

「そうです、その人わたしのおにいちゃんなんです！」

首にまわった腕が少しゆるむのを感じた。

「名前は駿河犬千代。この家に住むことになったって聞いていませんか」

「……聞いている」

腕が抜かれ、エビ反り状態が解けた。と思ったら、

「ゴメン！」

という声とともにオレはガバッと仰向けに返された。

太陽を背に、鮮やかな赤いサテン地のカンフー服に身を包んだショートカットの若い女がオレに手を合わせていた。

「悪い悪い！　てっきり蓮花のファンが忍び込んだのかと思って飛び蹴りを喰らわしちまった」

鈍い頭でも状況は把握できた。つまりオレは美少女狙いの変態ストーカー男と勘違いされたわけだ。そして少林寺からやって来たようなこのカンフー女にのされた。

「甥が来るってことは宏大さんから聞いてはいた。本当に申し訳なかった」

「そういえば梨紗さんも言っていたよね」

蓮花という美少女も頷いている。

オレは「ゴホゴホ」と咳き込みながら、腰から上を起き上がらせた。

「よかった、ちゃんと話が通っていて」

沙羅がほっとした顔で言う。

「わたしは妹の沙羅です。よろしくお願いします！」

「あ、どうも。紫電雷と申します」

カンフー女が沙羅に挨拶した。

「長門蓮花です！」

美少女がぺこっと頭を下げた。

てか、あれ、「長門蓮花」って？

「わあっ！」

喜んだのは沙羅だった。

「もしかして長門蓮花ちゃん？　本物？」

「はい、本物でーす！」

オレも思い出した。長門蓮花といえば、ここ一、二年、注目を浴びているジュニアアイドルだ。

なるほど、ファンが忍び込んだと思われるのも無理はない。さしずめこの紫電雷という、見たところオレとそう歳の変わらないカンフー女は蓮花ちゃんのボディガードといったところだろう。


伯父さんってば、そういう事前情報全然流してくれないんだからなあ。

というか、ここまで来たところで、オレは目の前で起きていることにギョッとなった。


「さ、沙羅っ！」

「なあに」

「お、お前……この人たちと話しているよな」

「うん……って、あれっ？」

なんつう鈍いやつだ。いまごろ気が付いたらしい。

蓮花と雷は「？」といった顔だ。

「あの、お二人ともこいつのことが見えるんですよね？」

確かめてみた。

「見えるけど、それがなにか？」

「見えちゃおかしい？」

どど、どうなってんだか。オレはあまりのことに二の句がつげない。

だって、この十二年間、沙羅はオレ以外の誰にも姿を見られることなく過ごしてきたのだ。

「かわいいパジャマだね」

蓮花がほめた。そしてこう言った。

「死んだとき着てたやつ？」

「ゲッ！」

叫んだのはオレである。

「パジャマもかわいいけど、本体もかわいい幽霊さんだね」

「ゲエエ――――――ッ！」

「んもー、犬千代うるさいよ！」

沙羅は自分の正体を言い当てられたのに動じていない。かたやオレはというと……。

「ユ、ユユユユ、ユレ言うな！　こいつはそんなんじゃない、そんなんじゃけっしてありませんハイ！」

と、必死で否定するのである。

「なに言ってんの、幽霊だろ」

雷が面倒くさそうに腕を組んだ。

「ち、ちちち、ちがいます。ユレ、などというものはこの世に存在してはおりません。そのようなものは断じて存在してはならぬのです。こいつは、沙羅は、たんに肉体のない魂だけの存在なのであります！　だからユレなどと呼んではいけないのです」

オレのくどいまでの否定にあきれ顔の雷と蓮花に向かって沙羅が「すみません」とあやまった。

「この人、幽霊とか大の苦手なんです」

「わかった」

雷が頷いた。

「臆病者だってことね。蓮花、この臆病者がうちらの新しい管理人だそうだ」

うっ、早くも臆病者の烙印を。しかし事実である。

「いいんじゃない」

ニコっとする蓮花。やさしいんだな。

「沙羅ちゃんかわいいし」

そっちかよ。

「ありがとう！」

沙羅はアイドル様にほめられてごきげんだ。

「蓮花ちゃんみたいな人にそう言ってもらえると嬉しい！」

「こっちこそ、よろしくね」

二人はそれぞれ両手を差し出し、手を握り合う。

「……蓮花ちゃん、沙羅と手が握れるのか？」

オレは幻でも見ているのだろうか。長年一緒にいるオレだからこそ感じとれる沙羅だというのに、蓮花はまるで普通に友だちとそうするように沙羅の手を握っている。

そればかりではない。

「楽しくなりそうだねっ！」

元気のいい声とともに、雷の手がパン！と沙羅の背中を叩いた。音まで聞こえた。

い、いったいこれはなんなんだ？

雷と蓮花が「家の中を見る？」と誘ってきた。三人はキャッキャと楽しそうに縁側から中にあがる。オレは呆然としつつ少し遅れて三人を追った。

〈東京ってすげえ〉

そんなふうに思いながら。

さすがは東京だ。自分以外にも沙羅が見える人たちがいた。それどころか、雷も蓮花も、兄であるオレより「物体としての沙羅」を「感じる」力が強そうだ。

「これが東京か」

ひょっとしたら、この大都会でなら沙羅はもっと自由に、楽しく生きていくことができるかもしれない。

だとしたら、それは素晴らしいことではないか……。

妹は幽霊ですが、なにか？

【第３章】　巫女と犬小屋

いやあ、驚いた。

ここに来てから驚き連発のオレだったが、この「驚き」の対象は家の中のことである。外とまるきり違うじゃん！

雷と蓮花に案内されたシェアハウスの内部は、隅々までリノベーションされた空間だった。縁側から入ったのは「ラウンジ」と呼ばれる広い部屋で、間仕切りなしでキッチンや食堂とつながっている。そのままなのは梁や柱だけ。壁や床、天井は張り替えられ、家具もデザイン性の高い物が配置されている。

「おしゃれ〜」

大喜びする沙羅に、雷が「全部梨紗さんのセレクトだよ」と説明する。

「どっかのカフェみたい！」

カフェなんか行ったこともないくせして、沙羅はそんなことを言う。

「料理はここでやるのよ」

蓮花が立っているのは四方をカウンターに囲まれたキッチンだった。

「ここにいればごはんの用意をしているときでもみんなと話せるでしょ」

なるほど、考えてつくられている。

「食事はどうしているんだ。なにか決まりとかあるのかい」

管理人として知っておきたいことだった。

「んー適当かな。みんなバラバラのときもあれば一緒に食べるときもあるって感じ」

どうやら当番制とかそういうものはないようだ。

「ま、住んでみりゃわかるよ」

　雷が冷蔵庫を開けてコーラを出した。オレにも注いでくれた。乱暴な振る舞いとは別に意外に親切な一面を持っているらしい。沙羅には注がないところを見ると、やはり沙羅が何者であるかは正しく認識しているようだ。

「人にとられたらイヤなものとかは名前を書いておくといいよ。それ以外の物は好きに飲んでも食べてもいい。調味料も、あるものは全部使っていい」

「それじゃあ、なくなっちゃうんじゃない」

「なくなりそうなら誰かが買うよ」

「いいんですか、そんな適当なことで」

「困ったことは一度もないよ」

　そういうものなのか。管理人などと言う前に、オレは「シェアハウス」というものに慣れる必要があるらしい。

　雷がグラスに注いでくれたコーラを飲む。首をしめられたあとのコーラはうまかった。しめた本人はオレ以上にうまそうにごくごくと喉を鳴らして飲んでいる。

「入居者は……全員女性なんですよね」

「ああ」

　伯父さんの話ではみんな「いいコ」のはずなのだが、「いいコ」というのが「おとなしいコ」ではないということはいまさっきの手荒い歓迎で悟っている。

　宏大伯父さんたちはすでに旅立っている。こんなことならいつまでも未練がましく田舎にいないでさっさと上京すればよかった。せめて伯父さんたちがいる間に来て、いろいろと教わっておくべきだったかもしれない。とりわけ入居者たちとのつきあい方については。

「あと三人は、お出かけですか」

「杜美はそろそろ帰って来るよな」

雷が蓮花に確かめる。

「うん。珊瑚さんも今日は早いって」

「航はアメリカからいつ帰るんだっけ」

「明日の朝着の飛行機だって言っていた気がする」

二人の会話から、住人のうちの一人はアメリカに旅行中だということがわかった。

「でっかいテレビ」

振り向くと、沙羅が大型の液晶テレビの前にいた。

「つけていいよ」

蓮花に言われ、沙羅はテーブルのリモコンに指を触れた。テレビは夕方の早い時間によくあるエンタメ要素の強いニュース番組を流していた。

「犬千代、これ、わたしたちが行きたかったやつじゃない？」

「どれ？　あ、本当だ。『ＴＯＫＹＯメガゲームショウ２０ＸＸ』」

リポートされていたのは都内の見本市会場で開催中のゲームショウだった。

画面の中では若い女性リポーターが新作ゲームを体験している。

「明日から一般公開か。やっぱ行ってみようか」

大学の入学式まではあと三日ほどある。

「行こうよ。楽しそうじゃない」

沙羅は乗り気だ。性格というか、その存在の特性上、こいつは一人遊びを得意としている。当然ゲームも好きである。クリア率は百パーセント。コンプリート率もオレよりずっと高い。

「お、我らが新入り君はゲーム好きのようだな」

管理人なんですけど、雷さん。

「すごいんですよ。家でも学校行く電車の中でもゲームばかりしているんだから」

それはお前だろ、沙羅。

「電車の中で話す友だちとかいないわけ？」

「友だちはいるけど、並んでそれぞれゲームしていたりとか」

おい沙羅、なにくだらない情報公開しているんだ。てか蓮花ちゃん、いま「キモッ」って言いましたか？

「ねえ、どんなゲームしてんの？」

「え……ホラーアクションとか」

答えた瞬間、雷は「ブハッ！」と吹いた。

「幽霊こわいとかいってホラーアクションってなんだよそれ！」

「いや、その……ゲームなら別に平気っていうか」

「ゾンビ映画とかも好きだよね」

「沙羅、ゾンビとゴーストは違うんだよ」

「へー、ゾンビ好きなんだ」

雷がニヤリとする。蓮花もしたり顔で頷いた。

「ゲームが好きなら航ちゃんと気が合うかもね」

「かもなー。あいつもアクション好きだしな」

「杜美ちゃんはどうだろ？」

「そろそろ戻るからわかるだろう。ところで、うちらは君のことをなんて呼べばいいんだい」

「駿河君でも犬千代君でも、あと管理人さんでも、なんでもいいです」

「管理人さんは却下！」

「わたしも却下！」

はい、管理人失格。

「犬千代、でいいんじゃない？」

こら沙羅、またよけいなことを。

「なら犬千代と呼ばせてもらおう」

「賛成！」

呼び捨て決定。

「本当にそれでいい、沙羅ちゃん？」

オレでなく沙羅に訊くわけですか。

「いいです！」

自分だけ「ちゃん」づけされやがって。そういやこいつは昔から外でのピンチには手を貸してくれても、家の中ではオレがいくら姉や妹たちにいじられていようとケタケタ笑って見ているだけだった。ここでも同じように外と中とを使い分けると早くも決めたらしい。

と、そんな会話をかわしていたところに、玄関の方から物音が伝わってきた。

「巫女様のお帰りだ」

巫女様？

しかし、十秒後、ラウンジに現われたのは巫女ではなく全身を黒ずくめにした人物だった。

「杜美ちゃん、おかえりー」

陽気な蓮花の声に、黒ずくめの人物はか細い声で「ただいま」とこたえた。

どうやらこれが杜美という人らしい。

彼女のファッションは、ゲーマーであるオレにはなじみの深いものではあるが、実際にこの目で見るのは初めてだった。

杜美がまとっているのは、フリルのついたレトロな印象の衣装。

これ以上の詳しい説明はいらないだろう。

これがゴスロリか……。

やはりさすがは東京だ。オレの田舎には生息していないものがこうもやすやす現われるとは。

膝下まであるスカートの裾からのびている足は黒ソックスの力を借りているにしてもキュッとしまっていてなかなかに細い。フリルのついた衿から上には色白を通り越して青味がかった顔がある。人形のように整った造作は蓮花とはまた違った美しさがあった。今日の陽気ではこの格好じゃ暑いだろうに、しかし放っている雰囲気のせいか、彼女のまわりにはこころなしか冷気すら漂っているようだった。

「杜美、紹介するよ。こちら宏大さんの姪っ子の沙羅ちゃん」

このカンフー女め、あくまで沙羅が先のようだ。

「どうも。沙羅でーす」

ぺこっとお辞儀をする沙羅に、「あ、どうも」と杜美も小さく笑みを浮かべて会釈した。この人にも沙羅の姿は見えるらしい。

「で、これが犬千代。沙羅ちゃんの兄貴。二人とも今日からここに住むんだよな」

そうでーす、と沙羅が答える。

杜美はといえば、オレのことをじっと見ている。

「あ、駿河犬千代です」

緊張しながら挨拶した。

彼女はまだ、オレをじっと見ている。

「杜美、気が合うかもよ。こいつゾンビ好きだってよ」

雷が言うと、杜美の瞳孔が大きく開いた。コキッ。そんな擬音が似合う動きで首がオレから見て左に傾いた。

は？

なんだかわけがわからぬまま立ちすくんでいるオレに向かって、杜美がずりっ、ずりっとすり足で近寄って来る。

なんだ、なんなんだ？

間近まで接近して来た黒衣の女に対し、オレは金縛りにでもかかったかのように身動きひとつできない。

「杜美さん、どうしたの？」

沙羅が雷に訊く。

「スイッチ入っただけ。まあ、見てるといいよ」

「おもしろいから」

蓮花が付け足す。

おもしろいってなんだ。なんだかわからないけど、イヤな予感とちょっとの期待が胸を騒がせる。

眼前に杜美の顔が迫ってきた。息がかかるほど間合いが詰まったときだった。

杜美の口が、パカッと開いた。口を開いたまま、杜美は頭を後方にふった。

え？

いったん上向きになった杜美の顔が、反動とともにふたたびこちらへ。

開いた口が……

「ひっ！」

と叫んだオレの首もとにガブリと噛みついた。

「ウギャアアアア――――――――ッ！」

驚愕のあまりオレはのけぞり、そのまま杜美に覆い被さられる形で床に倒れた。

「犬千代っ！」

沙羅の声がした。「大丈夫、大丈夫♡」という雷のお気楽な声と一緒に。

「ギャギャギャギャッ！　喰われる！　喰われる！　喰われるうううううっ！」

四肢をばたつかせて絶叫するオレの首には杜美の口がヒルのように吸い付いている。吸い付くばかりかアグアグと噛んでいる。冗談ではなく肉が噛みちぎられそうだ。

オレは近すぎてピントの合わない視界の中で杜美の顔を見た。眉間には幾本もの青筋、その下の目は血走っている。さきほどの玲瓏《れいろう》なる美女はどこに消えた。目の前にいるのは、まるで……。

ひ、ひえぇっ。

オレは心で叫んだ。

おかあさん、おとうさん、東京はこわいところです。ぼく、田舎に帰ります……。

そのときだった。

「ハッ！」

という声をあげて杜美がオレから離れた。

目をしばたたかせている彼女は、見知らぬ場所で目覚めたかのような顔で、周囲を見まわした。

「わ、わたくし、なにをしていました？」

「見りゃわかるだろ。そいつを喰おうとしていたんだよ」

杜美の目がオレに戻った。その目はこころなしか潤んでいた。

「も、申し訳ありませんっ！　わたくしとしたことが、初対面の方になんという不埒な真似を！」

跪《ひざまず》き、頭を下げる黒衣の女に、オレはただ唖然とするばかりだった。

「気にしないでくれ。杜美はときどきこんなふうにスキンシップを相手に求めるんだ」

「そうそう、意志とは別に本能的なものだから気にしないで」

気にしないでと言いますが、雷さん、蓮花さん、噛みつかれた方の身にもなってくださいよ。

「あーびっくりした。犬千代が食べられちゃうかと思った」

沙羅の言うとおりだ。

「ご心配には及びません」

杜美が顔をあげた。

「もう二度と噛みつかないと思います」

そうしてください、ぜひ。

「まずかったですから」

はあ？

「噛みついてわかりました。これなら干涸びたジジイの即身仏でもしゃぶっている方がよほどましです」

　美しい顔に似合わぬセリフにオレはまたも唖然とさせられた。

「あ、いまのは気にしないでください。本能の語らせたことですから」

　ニコリとして、今度はこう言ってきた。

「意志の方はこう言っています。どうかよろしくお願いいたします、と」

　意志と本能ってのは、どっちがグレードが高いんだ。よくわからないが、とりあえずオレは「こ、こちらこそ」と答えた。

「あらためまして、摩周院杜美と申します」

「あの……巫女さんって聞いたんですけど」

「はい、ここから徒歩で十五分ほどの神社で巫女をさせていただいております。甲州の実家も神社なもので、東京に出て来てからもスキルを生かしてアルバイトをしているというわけです」

「はあ、そうですか……」

「ゴスロリ、かわいいですね！」

　これはオレではない、沙羅だった。

「ありがとうございます。二十一にもなってどうかとも思うのですが、好きなものはやめられません」

　二十一歳ということは、オレより三歳上か。伯父さんの話ではシェアハウスの住人は下は中学生から上は二十三歳の公務員ということになっていた。蓮花は確か十三、四歳だし、雷もオレとそう変わらない歳のはずだ。どうやら本当にここの住人は若い女子ばかりのようだ。

「杜美ちゃんはね、巫女をやりながらマンガ家をめざしているの」

蓮花の言葉に「恥ずかしながら」と杜美は顔を赤らめた。

「執筆中は邪魔しちゃダメだよ」

「はい、わかりました」

漫画家志望、ゴスロリ、そして意味不明かつ危険な「本能」。立ち上がったオレは一度にやって来た情報量の多さに目眩を起こしそうだった。

「沙羅さんとおっしゃいましたか。パジャマ、とてもお似合いです」

「あはは、ありがとうございます」

「少女の頃のパジャマパーティーを思い出します」

「わたしといれば毎日パジャマパーティーですよ」

沙羅と杜美はなにやらのっけから打ち解けた雰囲気だ。

「じゃあ、今晩はみんなでパジャマ着ようか！」

「おっ、いいねえ！」

蓮花と雷は、そこに男がいることなど忘れたかのようなことをのたまう。てか、どうやらオレは眼中にないらしい。

オレはあとずさり、少し離れたところからあらためて四人の女を見た。

真っ赤なカンフー服に、露出度八十五パーセントといったところのキャミソール&ホットパンツ、ゴスロリ、そしてパジャマ。沙羅のパジャマ姿は見慣れているが、こうして相対的に俯瞰すると少し新鮮にも見える。

つーか、なんだこれは。この図は。

それぞれの服の上には、どの角度から見ても美しいと分類されるべき顔がのっかっている。

しかし、それを見るオレの心境は複雑であった。

健康で正常な男子であれば舞い上がっていいシチュエーション。

が、神が創造せし現実の世は男子の理想に合わせたものではけっしてない。

美しき顔を持つ女子たちがそうそうこちらの都合に合わせて、性格が良かったり、清楚だったり、可憐だったりするわけではない。

オレはそれを十八年の人生でたっぷり味わわされてきた。

姉妹たちに虐げられ、顎でこき使われ、細胞の隅々においてまで、女という生き物が持つ本質的な残忍さを染み込まされてきたオレの十八年。そういう意味で、オレは世の十八歳よりはよほど女慣れしているはずである。

けれど、まだ心のどこかには女性というものに対する幻想が残っていたのも事実だった。

この国は広い。東京に出れば、きっと理想の女の子に巡り会える。

そこに一縷《いちる》の望みを託して上京した。

ところが、さっそく目の前に現われた女子たちときたらどうだ。

蓮花は見かけどおり小悪魔な感じがするし、雷は遠慮知らずの武闘派、杜美はこりゃあきらかに変人だろう。いや、いきなり噛みついてくるあたり、変人どころか狂○かもしれん。

こうなると沙羅がまともに見えてくるから不思議だ。こいつはこいつでときによって著しくキャラが変わるという多重人格的な一面があるのだが、慣れているぶんまだましだ。

なんにせよ、どいつもこいつも、せっかくの美貌がもったいない。

「犬千代、なにジロジロ見てんのよ」

沙羅に気付かれた。

「そんな目で見ていると、また変態扱いされちゃうよ。ここ追い出されたらわたしたち行くとこないんだからね」

「心配しないで。沙羅ちゃんを追い出したりなんかしないよ」

「ありがとう、蓮花ちゃん」

「だって梨紗さんの姪でしょ。わたし梨紗さんにはすっごくお世話になっているもん」

「伯母さんとはちゃんと話したことないんだけどね」

「あ、そっか。梨紗さんには見えないってわけね」

蓮花はなかなか頭の回転がいいようだ。

「かりに変態だとしても」

これは杜美だった。

「大丈夫です。わたくし、犬千代さんの存在は気になりません」

やはり眼中ないってことですね。

「そこにそうして立っていても、空気のようにしか感じません」

なかなか的確な表現だ。これはまさに実家でのオレのポジションだった。

「まあ、戸締まりとか庭仕事とかいろいろ考えると男は一人はいた方がいいな。洗濯物干すのもけっこうたるいしな」

雷はオレを管理人ではなく使用人にでもする気らしい。しかも洗濯物ってなんだよそりゃ。男がいた方がいいと言いながら人を男扱いしていないかのような発言である。

「よかったね、犬千代。いていいいって」

「あのなあ沙羅……」

いていいに決まっているの、だってここオレたちの伯父さんの家なんだから、伯父さんがオレに住めと言ったんだから、とオレが言う前に沙羅の関心はもう別のところに移っていた。

「ところで蓮花ちゃんはアイドルでしょ。芸能人がなぜここにいるの？」

それはオレも興味のあるところだった。

「んー、わたしのおかあさんと梨紗さんが若いころ友だちだったのね。それで東京に住むならうちに来なさいって誘ってくれたの」

なるほど、聞いてみれば簡単な話だった。

「じゃあ学校もここから？」

「うん。あまり行く暇ないけどね」

「雷さんは？」

「わたしは大学生……って、そうだ、思い出した！」

雷の目がオレに向いた。喧嘩を売るような目つきに、オレは「ひっ」と声には出さずに悲鳴をあげた。

「犬千代、学校でわたしを見かけても知らないふりをしていろよ」

「見かけてって……え、ひょっとして？」

「宏大さんからなにも聞いていないのか……。君とわたしは同じ大学だよ。学部も一緒のはずだ」

「ゲッ！」

「なにがゲッだ、先輩に対して失礼な！」

やっぱり先輩だったのか。家でも大学でも先輩……。二重の意味で頭が上がらなくなりそうだ。

まあいい。

「ところで雷さん、オレと沙羅の部屋がどこか教えてもらえませんか」

「離れじゃないか？　そういやこの間、引っ越し業者が荷物を運び入れていたな」

「離れって、伯父さんの家のことですか」

「こっちとは廊下でつながっている。向こうは向こうで、ちゃんと道路に面した入口もあるぞ」

「わたしが案内しましょう」

杜美に従い、廊下を奥へと歩く。やることがないのか、雷と蓮花もついて来た。

「沙羅ちゃんも一緒の部屋でいいわけ？」

蓮花が訊く。

「ここ、部屋いくつも余っているから好きな部屋使っていいと思うよ」

「わたしは犬千代と一緒でいいよ」

「ここでもかよ」

実家でも沙羅はたいていオレの部屋にいた。どこをほっつき歩いているんだか、夜遅くまで留守にすることはあっても、帰って来るのはオレの部屋だった。

「だって別にわたし荷物とかないし、がらんとした部屋に一人でいてもねえ」

「ま、そりゃそうだけどな」

「犬千代、こわがりだから夜とかそばにいてあげないとね」

「それは子供の頃の話だろ！」

先頭を行く杜美が「倒錯していますね」と振り向いた。

「こわがりの兄のために幽霊の妹さんがついていてあげるとは」

「ユ、ユレ言うな！　というか、誰も話していないはずなのに、なんで杜美さんはこいつがそうだとわかるんですか？」

「わたしが噛みつくのは生身の人間だけですから」

「はあ」

納得のいくようないかないような微妙な答だが説得力だけは妙にあった。

「ここから先が宏大さんたちの家です。身内の人間以外は断わりなく入らないという決まりになっています」

廊下のどん詰まり近くに格子状にデザインされたガラス扉があった。枠の部分には神社よろしくしめ縄が渡してある。

「わたしたちは大奥と呼んでいます」

逆じゃねえの？

杜美にうながされ、オレがドアノブをまわした。

開いた先も、母屋と同じようなリノベーションが施された空間がつづいていた。

「こっちも広そうだね。どこの部屋なんだろ。荷物が置いてある部屋かな」

沙羅が先に入った。オレもつづく。「かまわないから入って」と、沙羅がみんなを手招きした。

廊下は途中で枝分かれしながら奥までつづいている。右側には母屋との間に中庭があった。庭に沿って回廊が巡っているといった感じだ。

「ここでしょ」

蓮花が気が付いて指さしたのは中庭とは反対側の壁についたドアだった。

全員でドアの前に立った。

ドアには紙が貼ってあり、マジックでこう書かれてあった。


〈犬小屋〉

「まちがいねえ、ここだ」

雷がゲラゲラ笑った。

「もうこの際だから〈犬〉って呼ぼうか」

ちょっと蓮花さんよ。

「犬千代、開けるよ」

沙羅がドアを開けた。こいつはその気になれば壁を通り抜けたりもできるのだが、そういうことは滅多にしない。同じように、よほどの必要がなければ他人の家に入ったりすることもない。きっとこの家でもほかの入居者の部屋に勝手にお邪魔したりはしないだろう。

「お、やっぱここじゃん」

雷の言うとおり、八畳ほどの洋間に実家から送り出した段ボール箱が積み重なっていた。壁際には机にベッド。大きな窓の向こうには桜が見えた。角度からこの部屋はさっきの庭の端っこにあることがわかった。

「わー、いいじゃない！　ね、犬千代」

沙羅がはしゃいでベッドに飛び込んだ。

「そうだな」

たしかに、思っていたよりいい部屋だ。石膏ボードの白壁にブラウンのフローリング。これだけ見ると誰も古い日本家屋だとは思わないだろう。採光も十分。もう日は西に傾いているけれど、それでも部屋は庭の光を取り込んで明るく感じられる。

「よし、今日は沙羅ちゃんと犬千代の歓迎会といこうじゃないか」

「賛成！」

「わたくしも」

「やったー！」

ベッドの上で沙羅がはねた。

「というわけだ。わたしらは夕食の準備をするから、犬千代、あんたはその間に沙羅ちゃんと段ボール箱でも片していな。スタートは七時。いいな」

雷の仕切りであっと言う間に段取りが決まった。

さて、では段ボール箱を開けますか……

と、その前に。

オレは出て行こうとする三人を「ちょっと待って」と呼び止めた。

「あん？」

「なあに？」

「なんですか？」

振り返った三人は、生真面目な顔のオレを不思議に思ったようだった。

「あ、あの……実はこいつのことなんだけど」

オレはベッドにいる沙羅を指さした。

「沙羅ちゃんがどうしたの？」

蓮花が首を傾げる。

「うん。えーと、なんて言うか」

なんて言やあいいんだろう。

「こいつがその、普通じゃないっていうか、特別なことはみんなもうおわかりだと思うんだけど」

オレがそう話すと、蓮花も雷も杜美も、さらにきょとんとなった。

「いやいや、あの、普通じゃないんです、普通じゃ。少なくともオレの田舎じゃ普通じゃなかったし。たぶんここでも、東京でも普通ではないはずなんだ」

「幽霊だからって言いたいわけ？」

「ああ、そうそう、てかユレって言わないでお願い。あ、でもオレが言いたいのはそういうことで、普通はこいつの姿は見えないはずなんだよ」

「なーにそれ、わたしたちが普通じゃないって言いたいわけ？」

「うん、まあそのとおり」

「なんだって？」

雷が売られた喧嘩を喜ぶ江戸っ子みたいに袖をまくった。

「まあまあ、お二人とも。犬千代さんの話を聞いてあげようではないですか」

杜美が場をとりなすように割って入った。

「犬千代、説明がへたなんだよ。わたしが代わりに話してあげようか」

見かねた沙羅がしゃしゃり出て来た。

「ようするに、みんなにはわたしが見えることを言いふらしてほしくないってことなんでしょ」

「そ、そういうことになるかな」

オレはみんなに説明した。沙羅はいままではオレ以外の人間の目にふれることはなかったこと。オレ以外の誰とも話せないこと。もちろん、宏大伯父さんも梨紗伯母さんも沙羅がこうしてオレといることは知らない。だから沙羅が見えるからといって、それをむやみに伯父さんや伯母さんには話してほしくないこと、などなどを。

「ふーん、わかった。でも宏大さんだったらこういう話はかえって喜ぶんじゃないのか」

雷の指摘は当たっているといえば当たっている。

宏大伯父さんには大学教授や不動産オーナーとは別に、もうひとつ顔がある。

呪術師だ。

もうちょっとソフトな言い方をするなら「祈祷師」か。詳しいことは知らないが、この分野においてはけっこうなオーソリティーで研究書なども何冊か書いている。妻である梨紗伯母さんも同じく呪術師。二人はその昔、そっち方面の会合かなにかで出会って意気投合し結ばれた。今回の長旅にしても「世界の呪術をフィールドワークする」のが目的だと聞いている。

とはいうものの、甥であるオレの目には伯父夫妻の呪術とやらは「変わった趣味」にしか見えない。何度か伯父さんが呪術を操っている場面に立ち合ったことがあるが、「うおおおー」などと奇声をあげるばかりで「術」らしきものが作用したところはただの一度も見た覚えがない。伯母さんにしても同じだ。オレに言わせれば二人は世間一般で言うオカルトマニア、それのちょっと変わったバージョンに過ぎない。

「確かに伯父さんなら喜ぶかもしれないけど、それ以上に自分に見えないことを悔しがると思う」

「なるほど、伯父さん思いだな」

「伯父さん思いっていうか……」

オレの本音はたったひとつだ。

要するによけいなことを言ってまわりを騒がせたくない。これに尽きる。

「まあいいよ。沙羅ちゃんのことはうちらだけの秘密にしておく。それでいいんだろ」

「そうしてもらえれば……」

「蓮花、杜美、それでいいよな」

「できれば、あと二人の住人さんにも」

「珊瑚さんと航か。心配御無用。あの二人にもきっと見える」

「そうですか」

どうなっているんだ、この家の住人たちは。

「さ、そうと決まったらメシの支度だ！」

楽しそうに去って行く三人を見送り、オレはドアを閉めた。

振り向くと、沙羅がすぐそばに立っていた。

じーーっとオレを見ている。

「え、えーと、どれから片付けるかなー」

動こうとしたが、ずいと大股で出られて阻まれた。

じいいいいいいいい――――っと沙羅の目はオレを見すえて離さない。

やべ……きたかも。

「え、えーと……」

「なにごまかしてんだよ、おい」

トーンの下がった声がオレをどつく。やっぱきた！

「な、なんのことかな？」

オレはひきつった笑みで返す。

「女のコだらけで超ラッキーとか思っているんでしょ！　白状しろっ！」

わー、はじまった！　さっそく始まりやがった。

さっきまでとは一変しての鬼女子モード。毎度のことだがスイッチが入ると沙羅はこうなるのだ。

「別に思っていないよ。女だらけなんてうちと変わんないじゃん」

「変わるでしょ！　実家の女はみんな家族。ここは違うでしょ」

そんなの最初からわかっていたことじゃないか。

「そんなの最初からわかっていただろとか言いたいんでしょ！」

見抜かれた。

「さあ白状しなさい。どの人がいいの？　雷ちゃん？」

「ま、まさか。あんな凶暴なの」

「蓮花ちゃんは無理だかんね。あれは高嶺の花。それとも杜美さんかな？　免疫ないところをがぶっとやられたんだもんね。そりゃイチコロでしょうよ！」

「ないっ！　ないないない！」

否定する。否定するしかない。道はほかにないのだ。

ちくしょう。昨夜のあれはなんだったんだよ。

オレは夜行バスの中で、沙羅が言ったことを反芻した。

――家からも離れるわけだし、いままでとは違う関係になってもいいかな……って思ったんだ――

それって、もうオレの邪魔はしないってことじゃなかったのか。

オレに彼女ができてもいいってことじゃ。

なのにこの態度ときたら……。

え、それくらい悟れって？

やきもちを焼いているだけだろって？

大好きな「おにいちゃん」を、ほかの女の子にとられたくないからなんだって？

甘い。

甘いっすよ、みなさん。

そんなんじゃありませんから。

だってオレ、一度沙羅本人に直接訊いたことあるもんね。去年の春だったか夏だったたか。

「お前ってひょっとしてブラコン？」って。

そのときの沙羅の反応ときたら、あれは絶対やきもちなんかじゃないね。

「はあ？」

氷のような視線だった。

「犬千代、いままでわたしのことそんな目で見ていたの？」

「い、いや……だってお前、オレがほかの女の子に興味を持つとすぐふてくされるじゃん」

「だからってブラコン？　はっ、なにそれ？」

「世間じゃそういうのブラコンって言うんじゃないか」

「ないっ！」

沙羅はブンブンと振り子のように髪を揺らした。

「わたし、そういうのないからっ！　だいたい普段犬千代のこと兄だとか思っていないもん！」

まあ、オレにしても沙羅は妹というよりも「頼りがいのあるおさななじみ」と言った方がしっくりくるところはあった。

「そっちこそ、まさか実はシスコンでした、なんて言うんじゃないでしょうね。そういうの、わたし絶対イヤだからね！」

「おにいちゃ〜ん」と甘ったれるときのことは棚にあげ、沙羅はまくしたてた。

「ほかの女の子に興味を持つとすぐふてくされるですって？　そういう無神経なこと言う方がどうかしているんじゃない。じゃあ訊きますけど、わたしが誰か男の子に興味持ったことあった？　なかったでしょ！」

正直、沙羅がなにを言っているんだか、オレにはよくわからなかった。

「あーむかつく。全然わかっていないんだから！」

沙羅は、それから何十回か「むかつく」を連呼した。

ほんとマジ、よくわかんなかった。ブラコンじゃないんだったらオレが誰かを好きになったってオッケーじゃないか。シスコンがイヤならオレに彼女ができれば万々歳じゃないか。

ところがダメなのである。

スイッチが入ると、とにかく「むかつく」。それ以上深いところは本人にもわからない。

というわけで、オレはこれを一種の病気のようなものと見なすことにした。

なるべく発作が起こらぬように、かりに起きてもスルーしようと、そう決めた。

そうはいえ、無視するとますます猛り狂うので相手はしなければならない。

だから今日も適当に受け流し、そろそろいいかなというところで、話題を変えることとした。

「それはそうと、お前驚かなかったのか？」

「驚くって？」

食い付いてきた。

「みんなに自分の姿が見えて、だよ。オレは腰抜かすほどびっくりしたぞ」

「んー、びっくりはしたね」

「あんまりびっくりしているように見えないな」

「そうかも。なんでだろう、なんか自然な感じがしたんだよね」

「自然？」

そっ、と沙羅は顎に指を当て、答を見つけるように視線を宙に浮かせた。

「犬千代と話すみたいに自然だったの。雷ちゃんも蓮花ちゃんも杜美さんも……あ、そっか！」

ポンと手を打った沙羅はこう言った。

「あの人たち、わたしの仲間だわ！」

「なわけねえだろ！」

これは断然オレが正しいはずだ。

「お前の仲間だとしたら、あんなふうにオレの首を締めたり蹴りをぶちこんだり噛みついたりできるかよ。マジ、リアルに苦しかったぞ」

「それもそうね」

「……だけどよかった」

「なにが？」

「お前のこと、見える人が増えて」

内心ちょっと複雑だったたし、いろいろと面倒なことも起きそうな気がする。でも、これは基本的にいいことな気がする。

「うん、みんないい人だよね。友だちになれそう」

オレが住人たちに想いを寄せることは許さないが、自分がみんなと仲良くなることは全然オッケーってとこなのだろう。

「沙羅に友だちか……」

考えてみればこいつには実生活で友だちと呼べる存在はいなかった。

「もう一人、そろそろ帰って来るんだよね」

「ああ」

「その人にもわたしが見えるといいな！」

妹は幽霊ですが、なにか？

【第4章】「この家、なんかへんだよ」

……見えました。

珊瑚が仕事から帰って来たのはちょうど夕食の準備も済んでみんなで食べようかというときだった。

「あー、パジャマかわいい～！」

食堂に姿を見せた四人目の住人は、挨拶もそこそこに、つーかまったくせずに、人なつこい犬ネコなんかがそうするようにいきなり沙羅にまとわりついた。

「珊瑚さんもかわいい～！」

沙羅はお世辞を言ったわけではない。

ふわふわとした茶色い髪の毛にいかにも春といったキャミタイプの花柄ワンピースを着た珊瑚は、五歳は若く見えるかわゆさだった。しかし出るところがしっかり出ているところはさすがに大人。ゆるめのワンピースに隠れてはいるが、スリーサイズはこのシェアハウス内でいちばんの高低差を誇るに違いない。

なんなんだよここ、と思ったね。

類は友を呼ぶ、お金はお金の集まるところが好き、そして美女は美女を呼ぶらしい。

言いたくはないが、カンフー女の雷だって相当なべっぴんさんだ。

もう一度呟かせてくれ。なんなんだこのシェアハウスは！

もっとも、オレは鼻の下をのばしていたわけではなかった。類は友を呼ぶのであるとするならば、この「珊瑚さん」もかなりの奇人であることに疑いはない。その片鱗を、オレは早くもその外貌に認めていた。

なんで……ネコ耳？

なのである。たったいま描写した外見だけならば「素敵な女性」という表現で間に合う。が、なぜかそのふわふわした髪の上にはピンク色したネコ耳のカチューシャがついているのであった。

この人、これつけて仕事に行っていたのか……。

東京は自由な街である。

雷がぽかんとしているオレのことを肘でつついた。

「なに鼻の下のばしてんだよ！」

だからのばしてませんってば！

「珊瑚さんにはメール打っといたんだよ。お前らが来たってことをさ」

さっきまでは「君」だったが、いまは「お前」になっている。明日にはどこまで格下げされているのだろう。こうなるともう楽しみだ。

ともあれ、なんで珊瑚が沙羅にもオレにも驚かずにいたかはこれでわかった。

「あ、うちの兄です」

沙羅がオレを紹介した。

「からかうとおもしろいです」

よけいなことを言うな、こら。

「じゃあ、からかってもいいかしら」

「どうぞー」

お墨付きをもらった珊瑚がオレに接近して来る。杜美に噛みつかれた記憶も生々しいだけにオレは全身に走る緊張をとめることができなかった。

「うふっ」

フェミニンとか大人かわいいって言葉の意味を教えてくれるような笑顔だった。

目の前までやって来た珊瑚はオレより頭ひとつ低かった。それだけに上目遣いは威力を発揮する。

まわりでは雷や蓮花がニヤニヤして見ている。沙羅もだ。こいつはこういうときはおもしろさを優先させるのだ。杜美は無表情だがよく見れば口角が若干上がっている。

からかわれるのだとわかっていても、オレは棒立ちでいるしかない。上目遣いの相手に射すくめられた形だ。

「ニャ〜ン」

は？　ニャ〜ンですと？

接触1秒前ってとこで歩みをとめた珊瑚はオレの胸元に鼻を当てた。

「くんくん」

口で言うのか。

「ちょっと汗臭いかも」

「え？　あっ、すみません！」

そういえば一昨日の晩から風呂には入っていなかった。おまけに今日の彷徨とその後の七転八倒を思えば汗臭いのは当然だ。

「お風呂入ろっ♪」

珊瑚に言われた。

「あ、入ります」

「一緒に入ろ♡」

「え？」

「ね、一緒に入ろっ♡」

トン、と珊瑚が身体をもたれさせてきた。ふわあっと花のようないい香りが鼻腔に侵入し、あっという間に肺を満たした。

こ、これが大人の女子の匂いか。

珊瑚本体が発するものなのかそれとも香水なのか、これまで嗅いだことのない蠱惑的《こわくてき》な香りに自律神経がいかれていく。かくっと膝から折れたオレは「あぶないっ！」と珊瑚に支えられた。

オレの脇の下には珊瑚の両肘が挟まっていた。二人の距離はゼロミリメートル。オレの頬にはなにかが当たっている。なにかとはなにか、鼻血が出そうなのでこれ以上の説明は控えさせてほしい。

「大丈夫？　疲れているんじゃない」

はい、細胞の奥深いところまで疲れております。あなたがたのおかげで……。

「シャワーだけでも浴びて来たら？」

そうします。汗臭いと言われたのはやっぱり気になるし。

「犬千代っ、いつまでそうやっている気？」

沙羅も怒り出したし。

珊瑚から離れたオレは、乾杯だけ参加してシャワーを浴びることにした。食卓には誰が作ったのか、サラダやパスタ、鶏の唐揚げに麻婆豆腐、肉じゃが、五目ごはんなど、意外にもちゃんとした料理が大量に並んでいた。これだけあればあとから席についても食いっぱぐれることはなさそうだった。

いったん着替えを取りに自室に戻り、母屋の広い風呂場で頭や体を洗った。風呂は伯父さんたちの家にもあるが、みんなには母屋の方を使えと言われた。別に親切でそう勧められたわけではない。

「出るときついでに浴槽にお湯ためといて（ｂｙ蓮花&珊瑚）」

これが理由である。

それはともかく、熱いシャワーは気持ちがよかった。

首には雷に締められた跡が残っていた。同じく首筋には杜美に噛まれた痕跡もある。鼻はまだ珊瑚の放つ良い香りを覚えている。

なんてゆうか、スキンシップの好きな人たちだ。

いや、そんな甘いものではない。蹴られ、締められ、噛みつかれ、自律神経を乱されただけだ。

東京の女はこわい。

そう思ったところで、オレは濡れた頭を振った。

そんなことはない。きっと性格が良くてかわいい子だっているに決まっている。

オレはそんな女の子と出会うのだ。大学生活を満喫するのだ。己を禁断の道へと誘う「脅威」から解放されるのだ。

上京初日、裸の誓いである。

「よし、やるぜ！」

濛々と立つ湯気の中でオレは両の拳を握った。腹筋にぐいっと力を込め、気合いを入れた。

〈……ァーカ〉

ん？

なにか聞こえた気がした。女の声で「バーカ」と、そう言われた気がした。

シャワーは、けっこうな音を立ててオレの背を打っている。

そら耳だろう。

気にせずにシャワーを浴びつづけた。


身体をさっぱりさせたあとは、浴槽に湯を注ぎ宴の場に戻った。

顧みれば朝からほとんど何も食べていなかった。残り物で腹を満たしたオレは、陽気に騒ぐ女子たちを「こうやって見ているだけなら悪くないのに」と眺めつつ、上京第一夜らしい感慨に耽った。

思えば長い一日だった。

故郷の町を発ったのは昨夜のこと。

物理的にはバスに揺られただけだったが、心の振幅はそれよりはるかに大きく、結果としてその気持ちの揺れがまったく無意味だったと思い知らされ、挙げ句、目的地にはなかなか辿り着けず、やっとこさ着いたかと思えば小悪魔娘に翻弄され、カンフー女の荒ぶる力に悶絶寸前となり、その後も危うく喰われそうになったり、鼻から大量失血かという由々しき自体に見舞われた。そしてようやく夜を迎えた。

あまりにいろいろなことがあり過ぎて、頭の中でうまく処理できない。

目の前では、沙羅がガールズトークを楽しんでいる。

オレにはその目の前で起きていることが夢のように思えた。

しかしこれは現実なのだ。

沙羅の姿がここにいる女子たちには見えるのだ。

蓮花なんか手まで握っていた。

いったいどうなっているのか。

少なくとも、バスを下りてこの家に来るまでは沙羅の存在に気が付いた人はいなかったはずだ。町中をパジャマ姿で歩く女の子がいたら、誰だって目を剥くに違いない。

あるいは、見えている人はいたのかもしれない。

東京の人はオレみたいな田舎者と違って、少々おかしな身なりの人間がいても気にしないのかもしれない。なにせネコ耳もゴシックロリータも許す都市である。

わかんない。

わかんないよ。

不安、といっていいだろう。

オレはいままでになかった「ほかの人にも沙羅が見える」という事態に動揺していた。

喜んでいいことなのかもしれないのに、なにか心に穴が開いてしまったかのような感じがするのは気のせいだろうか。

満腹になったオレは気付けばうとうとと舟を漕いでいた。誰かが「もう寝たら」と言った。


次に意識が戻ったのは、まだ完全には荷物が片付いていない自分の部屋のベッドの上だった。

目を覚ますと、窓からの星明かりの中に沙羅が立っていた。

「……いたのか？」

呟くオレに、沙羅は無言で頷いた。

くすん、と鼻を鳴らす。寂しがっているのだ。「妹」モードに入っている。

「おいで」

これにも沙羅は頷いた。

オレは、迎え入れるように布団をめくりあげた。

沙羅が布団に入って来る。

一日に一度、沙羅が幼い頃の「妹」に還る時間であった。

温かなものが、体にかぶさってくる。沙羅のぬくもりだった。

オレは妹を抱きしめてやる。
これができるのは世界でオレ一人のはずだった。
こうして眠る時間になると、沙羅は心細げな子供に還る。
もう何年も、オレたちはこんなふうに身を寄せ合って眠ってきた。
あの、葬式の晩からずっと……。
東京に来ても、オレたちの関係は変わらないのだろうか。
そうなることを望んでいたし、望んでいなかった。どっちも本音だ。
ふたたび眠りに落ちようとしているときだった。
耳もとで沙羅が「おにいちゃん」と囁いた。
ん、と小さく応じたオレに、沙羅はこう言った。
「この家、なんかへんだよ」

妹は幽霊ですが、
なにか？

【第5章】コスプレ少女VS犬千代

照明を抑え気味にしたホールに満艦飾のイルミネーションが輝いている。

前後左右、囲むものはすべてゲーム。

ゲームゲームゲーム、ゲームゲームゲーム、ゲームゲームゲーム……。

「や……やばい、めっちゃすげえ」

さっきから「めっちゃやばい」か「めっちゃすげえ」、これしか言葉が出ない。

「『裂姫伝Ⅳ』、やっぱ新作出たな……うっ、バクセスのブースだ、やべえ……」

サーチライトを浴びた巨大な城のようなゲームメーカーのブースが大勢の人を呑み込んでいる。同じようなブースは館内至るところにある。

やっぱり行こう、と意を決してやって来た『TOKYOメガゲームショウ20XX』。

そこは上京したての地方出身者の想像をはるかに超える素敵な空間であった。

いやもう、素敵過ぎてどうしていいかわかりません。

さっきからオレときたら、群れからはぐれたヌーの子供みたいにてけてけうろうろするばかり。好きなゲームのブースはどこも人で埋まっているし、ステージでのイベントも気後れして目の端におさめるのがやっとといった有様だ。

沙羅はどうしているのだろう。

二十分ほど前までは一緒にいたのだが、「わたし、あっち見に行くね」と姿を消してそれきりだ。いちおうはぐれた場合は「三時に西3の出口」と待ち合わせ場所は決めてあるので心配はない。三時まではあと一時間というところだ。

こうしてはいられない。ふらつき始めてはや一時間、さしも広い会場内もとりあえずは一巡りした。そろそろどこかに立ち止まってなにがしかの果実を手にせねば。数あるこの種の催しのなかでもこの『TOKYOメガゲームショウ20XX』は一般ユーザー向けのコンテンツやサービスが充実していることでは断トツなのだ。無料体験コーナー目白押し、最新作のみならず懐かしの旧作やインディーズ系のゲームにも触れられるし、関連アニメの上映会やコンサート、コスプレコーナーなども大充実している。はっきり言って一日ではとても楽しみきれないイベントなのである。

さて、どうしたものか。せっかく来たのだからゲームそのものを体感したいではないか。

そうやって歩いているときだった。

「二時の回、あと一名様で抽選締め切りまーす！」

という女の子の声が聞こえた。

これもコンパニオンと呼ぶのか、二の腕や腹をほどよく露出したほかはアーマーで武装した女の子が手を挙げて呼び込みをしている。

「抽選券いかがですかー？」

女の子がオレを見た。

「あ、もらいます」

どうやら抽選でゲームのプレイ権が与えられるらしい。なんのゲームかわからぬまま最後の一枚の抽選券をもらった。女の子の格好からするとバトル物であるのは間違いない。だとすれば悪くはない。リアルの世界では「ゆ◯◯いコワイ」のオレだけど、バーチャルの世界では王道の格ゲーやホラーアクション、サバイバル物などが大好きなのだ。

「では抽選を始めまーす」

オレが券を受けとると同時に抽選が始まった。デジタル満載の会場にあって古式ゆかしい抽選箱がブースの前のテーブルに置いてある。女の子がそこに手を突っ込んだ。

「二十一番！」

「やった！」

声のする方向を見ると、ゲームに合わせたかのように戦士風の黒い衣装をまとった女の子がガッツポーズを決めていた。コスプレイベントに参加しに来たコスプレイヤーだということはそのけったいな身なりから一目でわかる。まわりには仲間らしき緑色の髪やアンテナ付きのヘアバンドをした電波飛ばしまくりの女子たちがいて「さすがエンジェル！」「ミカエル様、ご武運を！」などと当選を讃えていた。いつの時代から来たんだお前らは。

コスプレ女に幸運をさらわれたオレは持っていた抽選券をぐしゃりと握り、その辺に投げ捨てるかと足もとに目をやった。

そこで気が付いた。

まだまわりの誰も動こうとしていない。

「ではもう一人！」

え、まだあんの。つーかもしかしてこれ対戦方式？

「五十六番の人！」

その声に、オレはくしゃくしゃにした紙を開いた。

「ゲッ、オレ？」

「おめでとうございます！」

アーマーコンパニオン嬢は「さあどうぞ」とコスプレ女とオレをブースへと誘う。奥にはほかにもアーマーを来た女性スタッフがいた。ブースの内側は古代国家の神殿のような円柱が並んでいて、なにやらタイムスリップしたような錯覚に陥る。

ブース内にはさらに宇宙飛行士が宇宙ステーションでの滞在シミュレーションで使うようなモジュールがでんと据えてあった。あの中でゲームをやれということらしい。

「では、中に入ったらこれをおかけください」

スタッフの女性に手渡されたのは暗視スコープを思わせるヘッドギア付きの眼鏡と細長いコントローラーだった。

「コントローラーは赤のAボタンが弓矢で青のBボタンがソードです。クリーチャーを一定数倒すとプレイヤー同士の直接対戦も可能となりますがご希望されますか？」

ほら、やっぱり対戦型だ。つーかクリーチャーか。化け物相手のバトルだな。

「わたしはいいけど」

その声に、オレは初めてコスプレ女の顔を直視した。

うわっ、と思った。そして、まただ、とも。

上京以来、数人目となる美少女であった。戦士風のコスチュームをまとっているためボーイッシュに見えるが、帷子でできた鉢巻の下にある顔はけっこうな美形だ。

またも美少女登場。しかしコスプレイヤーときた。

東京ってとこは、かわいい子はみんなおかしな趣味を持っているのだろうか。

「どうされますか？」

スタッフに返事をうながされた。

「えーと、ぼくはどっちでもいいです。てか、実はさっき通りがかったばかりでこのゲームについて詳しく知らないんですよ。バトル系なのはわかるけど」

「ブレイン・マシン・インターフェイス技術を導入した体感型リアル戦闘シミュレーションゲームです。プレイはこの専用モジュール内で行ないます」

「やればわかりますよね。コントローラーの操作自体は単純だし」

コスプレ女が口を挟んだ。

「そうですね。やってみればわかります。チュートリアルもありますし」

スタッフの説明に頷くと、コスプレ女はオレを見た。

「運動とかやっていました？」

意外な質問だった。体感型ゲームだからだろうか。

「運動は苦手だな。剣道はやっていたけど」

正確には「やらされていた」だ。うちの祖父母はお稽古事が大好きで、オレたち孫はお習字やら剣道やら舞踊やらと、好きでもないのにいろんなことを習わされていたのだ。

「剣道やっていたんだ。じゃあ楽しめそうっすね」

不敵な笑みを向けられた。

「ところでこのメーカー、オレ初めて知ったんですけど」

オレはスコープについている〝ＹｏｕＲａｙ＆Ｔｈｅｏｎ〟というメーカーのロゴを指

差した。

「これ、なんて読むんですか。ユーライ……？」

「ユーレイ&セオン。アメリカの会社です」

スタッフが答える前にコスプレ女が教えてくれた。「ユーレイ」とはまたなんともはや。

「ゲーム業界には初進出。マニアの間じゃすごく話題になっていますよ」

「はあ」

「早い話が先端軍需産業ってやつですよ。ピストルから弾道ミサイル、ソフトからハードまでなんでももっていうね。このゲームは兵士のトレーニング用に開発されたシミュレーションマシンをエンタメ向けに変えたもの。そのへんのゲームとかとはリアル感が全然違いますよ」

そう語るコスプレ女の顔は喜々としている。

「それではお時間ですのでモジュールに入ってください」

オレとコスプレ女はモジュールの中に入った。学校の教室の半分くらいのサイズの部屋の中は、予想に反して殺風景なものだった。リノリウムの床には円形のマークが二つ、対峙するように描いてある。壁はクッション材でできているらしく、ふれてみるとやわらかかった。

入口のドアが閉められた。「では、サークル内にお入りください」とスタッフの声が天井に仕掛けてあるスピーカーから響いた。

「お兄さん、わたしとプレイできるなんてラッキーだよ」

向かい側の円に立ったコスプレ女が言った。

「そっちだって当たってラッキーだったじゃん」

「わたしは当たるってわかっていたんだけどね。あの抽選係のコンパニオン、実はわたしのコスプレ仲間なんだよね」

出来レースってことかい。ずりいな。

「この会話、マイク通して聞こえているんじゃないの」

「心配しないで大丈夫。このマシンとわたしともうシンクロしているから」

はあ？　なに言ってんだこの人。

「必要なこと以外は聞こえないようにした。ついでにマシンの持っているポテンシャルを限界まで出せるようにもね。いまうちらが入っているこいつ、世界に一台のプロトマシンだからね。市販予定のモンキーモデルに比べると容量が何倍かすごいよ。ちょいとプログラムをいじらせてもらったってわけ」

「そんなこと、いつの間に……」

「いまだよいま。たったいまやった」

「ハッカー？」

「そんなんじゃないよ。ただのゲ・エ・ム・マ・ニ・ア！」

つーか、ただのホラ吹きだろお前。

「いろいろ喋ったけど、あんたここ出たらいまの会話忘れるようになっているから」

「君、催眠術師かなんか？」

上から目線でくっちゃべるコスプレ女を見ているうちにだんだんやる気になってきた。美少女だがかまわん、我が剣の鋭さを味わわせてやろうではないか。

スコープをかけ、コントローラーを竹刀のように握った。握り具合は悪くない。初めてでもしっくりくる。

「ご用意はよろしいでしょうか」

スピーカーから声がした。

「はい！」

二人同時に答えた。

「では、ゲームスタートします。最初の二分はチュートリアル、敵は襲ってきませんのでステージ内を自由に歩いてください。二分たつとバトルモードに入ります」

アナウンスが終わるとパッと照明が消えた。

一瞬の暗闇の後、目の前に現われたのは城塞都市の光景だった。

オレが立っているのは宮殿だか寺院だかの壁の上。周囲は火の手が上がっていたり、煙が立ちのぼっていたり、家々の間を人々が逃げ回っていたりしている。オレはそれを俯瞰している。着ていた服はいつの間にか防具のついた戦闘服に変わっている。

「すげえ……」

臨場感に息を飲む。左右を見ると、味方と思える兵士たちが外に向かって盛んに弓を射っている。逆にどこからかひゅんひゅんと矢が飛んで来て兵士たちに突き刺さる。アメリカのゲームらしく血飛沫がバシュバシュと舞う。

「うわマジ?」

びびったオレはしゃがみこんだ。

「なにやってんのよ。戦えよ。飛べよ。弓矢を放てよ!」

コスプレ女の声だった。

見ると、街路の向こうにある家の屋根にコスプレ女が立っていた。

「主役をゆずってやったんだから向かって来なさいよ。あ、ちなみにチュートリアルはナシ。時間もったいないから最初から本番だよ!」

「と、飛べって」

言った瞬間だった。肩に「ガン!」という衝撃が来た。防具に矢が当たったらしい。オレは尻餅をついた。

「痛……」

これ、本物じゃねえの? ってくらいのショックだった。

あらためて街路を見ると、気色の悪い黒い顔をした黒鎧の軍団が街の人々を狩り立てている。

「く、くそっ!」

立ち上がった。左手でAボタンを押すと、コントローラーが弓に変わった。試しに射る姿勢をとると、右手に矢があった。弦を引く。このへんはゲームだ。やったことがないのに簡単にできた。

黒軍団に向かって矢を放つ。が、遠くて当たったかどうかわからない。

「飛ぶのよ。飛べるから飛ぶの！」

つんざくようなコスプレ女の声。

飛べるのか？

下を見る。ビルにしたら三、四階くらいはあるだろう。落ちたら死にそうだ。

が、オレが立っているのはモジュールの床のはずである。これはスコープが立体的に見せているだけの話なのだ。

頭で言い聞かせ、助走をつけておもいきって飛んだ。

「うおっ！」

身体が宙に舞う。

ぐんぐんと空の高いところに飛んだ。

「うおおっ！」

かと思ったら下降し始めた。

ぐんぐんと街が迫って来る。着地点は黒いやつらのいる道の前にある家の屋根だ。

このまま、あの屋根を突き破るんじゃないか。そうも思えたが、難なくふわりと着地することができた。

超人にでもなった気分だ。

真下の道にいる黒いやつらに矢を放つ。今度は当たった。目に矢の刺さった怪物がのけぞった。ゴブリンの類だとわかった。まわりのやつらが一斉にオレの方を向く。

「ひっ！」

紛うことなきゴブリンどもだった。十匹ばかりがオレに向かって赤く目を光らせた。

「くそーっ、突撃だ！」

大勢の敵がいるときは攻撃攻撃、とにかく攻撃。これが、サバイバルアクションの大原則だ。

オレはBボタンを押すともう一度跳ねた。

ヒュン、と五体が宙に舞う。この浮遊感、これもスコープのおかげか。なんつーすげえゲームなんだ。

トン、と街路に着地し、ゴブリンどもの群れの中に突っ込んだ。

たちまち始まる大乱闘。

とにかくぶった斬るしかないので剣を振りまくる。当たれば斬れる。相手の剣や槍は払いのけ、斬る斬る斬る。ゴブリンどもを退治する。

十匹全部を片付けた。累々たる死骸となった怪物たちを見下ろしながら、意外と強い自分にびっくりする。

なんでだろう。剣道の試合じゃいつも負けてばかりだったのだ。

実は答は問わずともわかっている。

要は気魄《きはく》の問題なのだ。

オレはリアルの「本番」というものがなによりも苦手だ。男子としてはあまり認めたくはないが、オレはたぶん先天的に気の弱い人間なのだ。よって、対人間で戦うときは、たいてい敗者の側にまわる。剣道の師範だった祖父に言わせれば「筋は悪くない」はずなのに、試合となると負けてしまう。これはもう持病みたいなものだった。

だがバーチャルの世界は違う。

どんな化け物だろうがいままでオレが倒せなかった相手はいない。

そう、オレはここでは世界一の戦士なのだ。

駆けた。敵を求めて。

すれ違うゴブリンどもを薙《な》ぎ払う。全然たいしたことない。

もっと強いやつはいないものか。

街路を曲がったところでほかのゴブリンどもよりも大きく、マントを羽織ったやつを見つけた。向こうもオレに気付いて「シャアッ！」などと汚い口を開けて威嚇してきた。手には槍を持っている。その槍がこちらに向かないうちにオレはやつの懐に入り込み、胸元に剣を突き立てた。

「ゴボッ！」

苦悶の声をあげるやつの心臓を、込めた力でぐいぐいと突き上げる。

剣を抜く。敵から離れる。三歩離れたところでどさっと大ゴブリンが崩れ落ちた。

どうだ見たか。ボスキャラだってこんなもんだ。

「やるじゃん」

振り返ると、コスプレ女が立っていた。

「まあな」

「ふふ、さっきと比べて男前になったね」

「これが本当のオレだ」

なにを言ってんだか、しかし自然と口から出た言葉だった。

「じゃあ、そろそろわたしとやろうか」

コスプレ女が「おいでおいで」と手招きした。

「君とは戦いたくないな」

「は？　戦わなきゃ意味ないっしょ。そのためにここにいるんだから」

「戦ってなんになる」

「あーあーもう入っちゃって。ヒーローぶったセリフを吐きたい気持ちはわかるけど、禅問答している暇はないの。持ち時間いいとこ二十分なんだからね」

ちっ、現実に還るようなことを言いやがって。でもまあ、それもそうだ。

「オレからはいきにくい」

「女には手を出しにくいってことね。それがよけいな気遣いだってことをすぐにわからせてあげるよ」

コスプレ女が「タンッ！」と地を蹴った。

「え？」

スライディングして来た黒い影がオレの足をすくった。

「あっ！」

転倒したオレは体勢を入れかえて振り下ろされた剣を受けるのが精一杯だった。

両手に力を込めて相手の剣を払う。

立ち上がり、間合いをとる。

「けっこうやるみたいだな」

「けっこうどころか、そりゃもうゲームラブっすから」

「それはこっちも同じだよ」

正面から迫るコスプレ女にオレは中段で応じる。カン！カン！と打ち合う。敵は激しく打ってくるが、オレの動きも負けてはいない。

右から左からと打ち込んでくる相手を剣先と足さばきでかわす。これはリアルの剣道でも割と得意だ。なにしろ道場でのあだ名は「逃げの犬千代」。それとは別にわかりやすく「負け犬」と呼ぶやつもいたが。

やりあっているうちに目の前の敵が女だということを忘れてきた。これだけ手応えのある相手なのだからもはや遠慮はいらないだろう。

「むんっ！」

反撃の一打を加えた。

「とうっ！　うりゃっ！」

二打、三打、四打、とつづける。かわいい顔をぶった斬りたくはないので剣を手からはじき飛ばすことを狙っていた。武器を失ったところで切っ先を向け降伏を迫るのだ。

オレの連続技にコスプレ女は防戦一方。完全に攻守逆転だ。

と、思ったときだった。

すっと、目の前からコスプレ女が消えた。

「あれ?」

オレは四方を見回した。どこにもいない。

って、こういう場合はたいてい……

「上かっ!」

そう叫ぶと同時に、トン、と頭の上になにかが乗った。

「へ?」

オレのつむじの上にコスプレ女の足があった。

「へっ?」

直視する間もなかった。黒い影が揺らいだかと思いきや、頭から股間まで閃光が走った。

シュンッと目の前にコスプレ女の姿が現われる。

その姿が左右に分かれた。

いや、分かれたのはオレの体だった。

脳天から真っ二つに裂かれたオレが、右と左に分かれて地面に倒れる。

〈なんだよこれ……〉

意識の底では現実でないことはわかっている。

しかし、バーチャルだとしてもこれはあんまりだ。

あんまりな負け方だ……。

————。

【第6章】フォーリンラブ♡

「お客様……お客様！」

スタッフの女性に揺り起こされたとき、オレは一人でモジュールの中にいた。

「あ……すみません」

慌ててスコープをはずした。どうやらゲームは終了したようだ。足もとにはコントローラーが転がっていた。

「楽しんでいただけましたでしょうか？」

「はい」

答えたもののよく覚えていなかった。いきなり異世界に運ばれて、戦場に放り出されて、無我夢中で暴れまくった……んだよな、確か。

「すごい……ゲームですね」

「はい、みなさんそうおっしゃります」

「対戦相手の人は？」

「先に出られました」

「そうですか」

「お二人ともすごくいいスコアでした」

「へえ」

褒められているのだろうけれど実感が湧かない。むしろなんだかひどくショッキングな出来事に見舞われたような気がする。

「あの、このゲームってどうなっているんですか。走ったり飛んだりしたと思うんですけど……」

「私も細かいことになるとわからないんですが、このモジュール内には微弱な電波が流れていて、それが人間の脳神経に錯覚を与えるそうなんです」

アメリカの軍需産業おそるべしだな。これがなんの役に立つのかはよくわからないけど。

「これって、外から観戦はできないいんですか」

「それが、本当は2Dに映像化されてモニタリングできるんですけどお客様たちのプレイが始まる前に急にモニターが故障してしまいまして……ゲームマシン本体には問題がなかったのでプレイはお楽しみいただきましたが」

「じゃあ僕たちのプレイは誰も見ていないわけですか」

「そうですね。申し訳ございません」

「いや、いいんです」

次のプレイヤーたちが入って来たのでモジュールから外に出た。

対戦相手のコスプレ女はいなかった。なにかいろいろと話したような気がするのだけれど、これもよく覚えていなかった。

とにかく、最新のすごいゲームが体感できたのだからよしとしよう。

時計を見ると二時半を回ったところだ。まだ沙羅との待ち合わせまで三十分ほどある。

夢から覚めたばかりといった感じで、ぼんやりしながら通路を歩いた。

いまのワンゲームで自分でも思った以上にＨＰを消耗したらしく、これ以上ほかのブースを覗こうという気が起きない。どこかに腰掛けて甘いものでも補給したい気分だ。

そうやって力ない足取りで歩いているときだった。

前方からやって来たそれにオレは目を奪われた。

キャッチされたのは目だけではなかった。光の矢のようなものがひゅんと飛んで来たかと思ったらオレに刺さった。そいつはいともたやすく胸の奥へと入り込み、♡の形をした金型となって心臓をぎゅっとつかんだ。

瞳に映っていたのは、制服を着た高校生の女の子だった。

このロリコンめと笑うか？

でも考えてもみてくれ。オレだってつい一ヶ月ほど前までは制服を着た高校生だったんだ。これまでの人生、胸をときめかせた相手の大半は制服姿だった。オレにとってはむしろ自然なことだ。

歩いて来る女の子は、まさにストライクゾーンど真ん中、常日頃どこかにこんな子はいないかと思っていたような容姿の持ち主だった。明るめの黒い髪にわずかに下がった目尻、大きな瞳と形の良い鼻、上下の唇は文句ナシの黄金比率、頬はほのかにピンクがかっていて、童顔気味のまるい輪郭の下には細い首。そして若干大きめのブレザーと赤いリボン、タータンチェックのスカートからのびる長い脚とそれを象る紺のソックス。圧倒的に完成されたパッケージにオレの目は釘付けとなった。

女の子もオレに気付くとハッとなったのがわかった。

驚いた顔、しかしそれはすぐにニコリとした笑顔に変わった。可憐な花を思わせる微笑みだった。陳腐なようだがほかにこの笑顔を喩える言葉をオレは知らない。

彼女に向かって微笑み返した。

こんなことがオレの人生にあっていいのだろうか。

あっていいんだ。自信をもって断定した。

これは崇高な出会いなんだ。おそらくは彼女もオレと同様、こちらの姿を見た瞬間、胸に泉が湧いたのだ。「恋」という名のその泉は彼女をたちまち虜とし、甘き聖水で全身を満たしたに違いない。

これは恋なのか？

愚問だ。恋なのだ。

歩いていた彼女が、オレの前でぴたっと足を揃えてとまった。仕草もかわいい。

やあ、とこちらが声をかける前に彼女の方が口を開いた。

「犬千代」

オレは瞬きを繰り返した。

「犬千代」

彼女はもう一度オレの名を呼んだ。

「え？」

「どう、かわいい？」

「へ？」

口が仕掛け人形みたいにパカンと開いた。

「へ、へ、へ？」

よーく相手の顔を見てみた。

「なにマジマジ見てんのよ。見てほしいのは服だよ！」

「さ……沙羅？」

「どうしたの。わたしだってわかんないの？」

「さ、沙羅か？」

「そうだよ。ほら、むやみに指ささない。まわりから一人でへんなことしていると思われるよ」

「う、うそだろう！」

そこにいるのは間違いなく沙羅だった。制服の上に乗っているのはよく知った妹の顔。いったいなにがどうなってんだか。大勢の人がいるイベント会場でなければオレは大絶叫するところだった。こんなふうに。

マジッすかあああああああ――――――――――っ！！

てかオレ、なんで沙羅だって気が付かないんだよ！

沙羅じゃん、沙羅じゃん、この顔どう見たって沙羅じゃん、なのになんで「恋」になんか落ちるんだよ……落ちるんだよ……。

……落ちちまった。

ちくしょう、あれほど警戒していたことなのに。

前言撤回。沙羅だと気が付く前の数十秒はなかったことにしよう。ゲームで頭がやられておかしくなっていたのだ。

まあ、沙羅だとわからずに妄想を繰り広げたオレがバカっちゃバカなのだが。

しかしバカにも一寸の言い分はある。一寸の虫にも五分の魂って言うだろ。ちょっと違うか。

とにかくあるぞ。ある！

「お前……その服どうしたんだ？」

思えば勘違いの原因はここにあった。

沙羅がパジャマ以外の服を着ている。これはかつてないことだった。三歳のあの日、肉体を失って以来、沙羅はずっと病院のベッドで息をひきとったときと同じ花柄のパジャマを着ていたのだ。それはなぜか沙羅の成長とともにサイズを増し、今日十五歳に至るまでずっと妹の肌を守りつづけてきた。見間違えるのも無理はなかろう。

「えへへ、もらっちゃった」

「もらっちゃったって、誰に？」

「知らない人」

沙羅の話はこうだった。オレと分かれて会場内を歩いていた沙羅は不意に後ろから「ねえ」と呼び止められたのだそうだ。

「それ、なんのコスプレ？」

声をかけてきた女の子には沙羅が見えたようだった。

「コスプレとかじゃないんだけど……」

いつもこの格好でいると打ち明けると、相手は沙羅に「あ、ひょっとしてゆ○○い？」

と聞いた。

「うん」

　頷く沙羅に相手はこう問いかけてきた。

「たまには違う服とか着たくない？」

　つづけてこう言った。

「大丈夫だよ、わたしの服なら着られるから」

　相手は沙羅の歳を確かめると「十五歳か。じゃあ、こういうの着たくない？」と近くの柱の陰に置いてあった紙袋から制服を取り出した。

「これは？」

「わたしの制服。あなたとわたしと背の高さ同じくらいだし、ぴったりだと思うよ」

　着てみると、本当にぴったりだった。

「超かわいー！　あげるから持って行って」

　というわけで、沙羅は制服姿で会場内を散歩することとなった。

「ちょっと待て。お前のパジャマはどうなった？」

「その人にあげちゃった。もらいっぱなしじゃ悪いでしょ」

　聞きたいことが山ほどあった。

「てゆうか、その制服で夜も寝るつもりなのか？」

「あ、考えてなかった」

「そもそもなんで人の服が着られるんだよ。いままでになかっただろ、こんなこと」

「わたしもびっくりしたけどさ。本当に袖を通したら着られるんだもん」

「制服って普通いくつもは持っていないだろ。なんでその人はそんなに気安くくれるんだよ」

「何着も持っているから気にしないでだって。その人の学校、服装が自由なんだって。いろんな種類の制服を持っているみたいだよ」

「私服の学校か……」

東京にはそういう高校が公立を中心にいくつかあると聞いている。地方でも定時制高校なら制服はない。

「つーか、なんでリアルの制服を着られるんだ?」

試しに手をのばしてみた。

「あれ、突き抜けるな」

パジャマのときと同じぬくもりは感じるが、物としての質量はほとんど感じなかった。

「まさか、その人もお前と同じなんじゃ」

「じゃないみたい。まわりの人たちと普通に話していたよ。その人たちにはわたしは見えていなかった」

「どうなってんだよ」

「ね、わたしも不思議」

「そんときどこのコーナーにいたんだよ」

「コスプレコーナー」

やっぱな。

「どんな人だったんだ」

「歳は犬千代とわたしの間くらい。黒系の戦士みたいなコスプレだったよ」

ぬ？

「名前は聞いたのか」

「それがさ、聞こうと思っていたら急にほかの人たちが時間がきたとかいってその人のこと呼んじゃって、そのまま『じゃあねえ』って走ってどっかに行っちゃったんだよ」

ムム……。

「まわりの人たちもコスプレイヤーか」

「なんかいろいろいたねー。緑のウィッグとかアンテナ付きのヘアバンドとか」

「その人のことなんて呼んでいた？」

「ミカエル様とか」

間違いない、あいつだ。

「その女には、オレも用がある」

とっつかまえて、ゲームの顛末について聞きたかった。それと、どうして沙羅に服をプレゼントすることができたのか、じかに確かめたかった。

昨日からなにかがおかしい。

十二年間変化のなかった沙羅の身に、次々と異変が起こっている。

これは吉兆なのか、それとも……。

「さがしに行こうか。わたしもちゃんとお礼が言いたいし」

「うん。ゲームも終わったし、たぶんもう仲間のところに戻っているだろう」

「ゲームって？」

「メーカーのブースにそれっぽいレイヤーがいたんだよ」

「そうなんだ」

急いで歩き出そうとしたオレを沙羅が「ちょっと待ってよ」と制止した。

「犬千代さー、わたしのこの格好見てなんか一言とかないわけ？」

「うーん」

もう一度、上から下までサーチするように視線を走らせた。

隠さずに吐露しようではないか。

かわいかった。それもとびきり。

正直本音、これが沙羅でなければオレは無抵抗で恋に落ちていた。

ということは、
オレが理想とする恋人というのは……。

それ以上は考えてはいけない。オレは慌ててそこから逃げ出した。

「なにしかめっ面しているのよ！」

「あ、ごめんごめん」

オレは内心の動揺を悟られまいと、わざととってつけたかのように言った。

「かわいいじゃん」と。

【第7章】 曼荼羅オールスターズ集合！

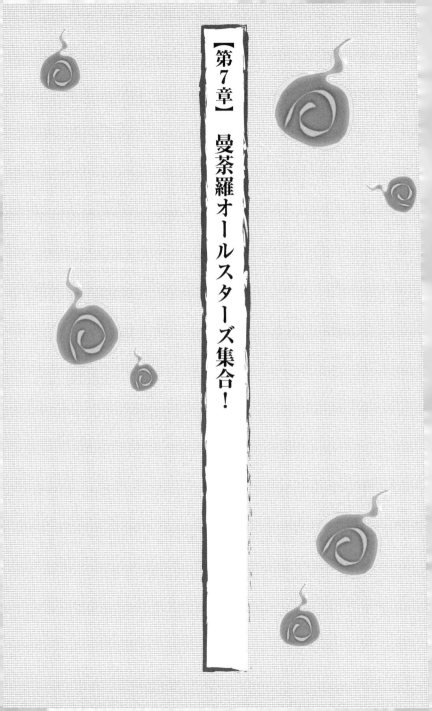

桜並木の下の緑道は花見をする人たちで賑わっていた。人々から見ると、オレは一人で歩いているように見えるだろう。もちろん横には沙羅がいる。格好は制服姿のままだ。

　昨日のことがあったので今日はちゃんと出かける前に道を調べておいた。地図でよく見ると、駅から公園に向かって緑道が延びていた。シェアハウスとの間を往復するにはこの緑道を歩くのが便利だと気が付いた。

「東京って本当に桜が多いねえー」

「ああ、ビルばっかの町だと思っていたけどそんなことないんだな」

　妙なもので巨大な見本市会場から戻って来ると、昨日着いたばかりのこの町が早くも自分の町のように感じられるのだった。駅に着いて改札を出たときも、なんとなくほっとするものがあった。もしかしたらオレはこの町と相性がいいのかもしれない。

「ゲームショウ楽しかったね。あの人に会えなかったのは残念だけど」

　そうなのだ。沙羅が言うように、あのあとオレたちはコスプレ女をさがしたのだが、結局会えずに終わってしまったのだった。コスプレコーナーにもあのシミュレーションゲームのブースにも姿はなかった。

　わかったのは、沙羅に制服をくれた女の子がオレとゲームをしたコスプレ女と同一人物であることだった。コスプレコーナーでほかのレイヤーたちに尋ねてみたところ、彼女はコスプレイヤーたちの間ではかなり名の通った存在であるらしく、携帯からネットで検索するとすぐに画像が出てきた。ブログなんかもあるみたいだし、その気になればコンタクトは取れそうだった。ちなみにレイヤーとしての名前は「ＭＤ０１」。中学くらいまでオ

レが夢中になって組んでいたプラモのあれ、つーかアニメのあれみたいな名前を使ってい
た。もっともレイヤーたちの間ではそのカリスマ的なキャラクターから「エンジェル」だ
とか「ミカエル様」だとかと呼ばれているらしい。
「夜にでもメールしてみるよ。返事くれそうじゃん」
「うん、お願い」
別にオレはコスプレに興味があるわけじゃないが、なぜ沙羅に着替えをさせることがで
きたのか、その謎はぜひとも解いておきたい。それとゲームの話もしたい。
緑道を途中で路地に入り、離れの方の門の前に立つ。すると離れのどこか一角から笑い
声が聞こえてきた。
「あれっ、離れは基本立ち入り禁止じゃなかったっけ？」
さしも横暴な住人たちとはいえ、昨日はみんな沙羅が「入って」と言うまで足を踏み入
れなかった。
「オレも沙羅も外にいるっていうのにどうなってんだ」
「中庭にでもいるんじゃないの」
沙羅も解せないといった顔をしていた。
「ま、いいや。入ればわかるだろう」
玄関の扉を開いて上がり口から廊下に入る。笑い声は途中で枝分かれした廊下の奥から
響いていた。どうも中庭にいるのではないようだ。そういえばあの奥はまだなにがあるの
かちゃんと見ていない。

「犬千代、靴ってどうすればいいの？」

振り返ると、沙羅が困惑した顔で玄関に立っていた。足もとには存在感たっぷりの焦げ茶色のローファァーがある。


「普通は脱ぐよな」

「じゃ、脱ご」

「待て、へたに脱いで消えたりしたらどうする」

オレにもわからないことだった。

「てゆうか、もう脱いじゃった」

玄関には左右のローファァーがちょこんと並んでいた。

「どうなってんだ？」

膝をついて触れてみた。

「さわれる」

そこにあったのは、普通の靴だった。

「いままでこんなことなかったじゃないか。本当にどうなってんだ」

すぐにでも「ＭＤ０１」にコンタクトを取りたくなった。

「ということは、この制服も普通の制服ってことだよねえ」

「ああ。たぶんそうなんだろう」

「わたしがさわるとわたしと同じになって、わたしから離れるともとの物に戻るってことだよね」

「ということだと思うぞ」

「なんか都合良過ぎない？　これって世界のルールに反しているよね」

それを言うのか。だったらお前の存在自体がある意味ルール違反だろ。

「よし、オッケー、わかった！」

疑問を投げかけておきながら、今度は「オッケー」ときた。

「これは新ルールなのです。とりあえずそういうことにしよう」

「そ、それでいいのか？」

「いいじゃん。考えたってわかんないんだもん。あるものを受け入れようよ。それにあの人に聞けばきっとなぜかはわかるよ」

「そう願いたいところだな」

オレたちの声が聞こえたのか、笑い声がしていた廊下の先から素早い足音が響いてきた。トトトッと小走りで姿を見せたのは蓮花だった。

「あ、やっぱ帰って来ているよ」

オレたちに挨拶するより先に蓮花が奥にいる誰かに教えた。

「沙羅ちゃん、おかえりー」

挨拶ももちろんオレより沙羅が先だ。

「ただいまー」

「蓮花ちゃんたち、なんで離れにいるんだ？」

別に住人たちが入ってもオレはかまわないのだが、いちおうは決めごとらしいので訊いてみた。

「航ちゃんが帰って来たからね」

よくわかんない答だった。

「航ちゃん、沙羅ちゃんだよー」

どやどやと現われたのは雷に杜美ともう一人、見知らぬ女の子であった。

が、沙羅とその「航ちゃん」という女の子は互いを見るや「あー！」と指さしあった。

そのアクションに、オレも「ん？」となった。

「やっぱりだ。みんなから話聞いてそうじゃないかと思ったんだ。つーか、この人がおにいさんなわけ？　奇遇だねえ〜！」

オレを顎でしゃくって示すこの女は……パーカーにジーンズというラフな格好だし、髪の色も違うのですぐにはわからなかったけれど、この女は……

「沙羅ちゃん、制服似合う〜！」

いや、蓮花よ、いまはそれはおいといてよ。

「マジ似合うなー。航からパジャマのコに制服あげたって聞いてさ、うちらそれぜってえ沙羅ちゃんだって言ってたとこなんだよ」

雷、いま言ったことは本当か？　ということはやはり。

「え、ＭＤ０１！」

叫んだオレに「航」という女が突き刺すような視線を送ってきた。

「さっそく検索したね。ま、いいけどさ」

そこまで言うと、今度は相好を崩して沙羅に向き合う。

「うん、やっぱ似合っているね。あげてよかった」

「こっちこそさっきはありがとうございました。犬千代ともゲームで遊んでくれたんでしょう。わたしからもお礼言います」

ここまで来ればだいたいのことはわかる。『曼荼羅シェアハウス』の残る最後の一人の住人こそがこのＭＤ０１だったのだ。

「いちおうちゃんと挨拶しておこうか。南部航です」

「駿河沙羅です！」

「えと……駿河犬千代……です」

沙羅が挨拶するのでオレも挨拶した。いまいち歯切れが悪いのは、出来過ぎの展開に頭がついていけないからだ。

「沙羅ちゃんかー。叔母さんから話は聞いていたんだよね」

「おばさん？」

「うん、梨紗さん。わたし、あの人の姪なの。梨紗さんはうちのおとうさんの妹」

「えーそうだったんだ！　じゃあ、わたしたち親戚だね」

血のつながっていない伯母の姪って親戚って呼ぶんだっけか？　まあ、うちの田舎みたいなとこだと法律に関係なくつながりのある人たちは全部ひっくるめて親戚ってことにしているけどさ。てか、ＭＤ０１、伯母さんの姪なわけ？　言われてみれば確かに似ているかも……。

などとオレがＭＤ０１に梨紗伯母さんの顔を重ね合わせている間にも、二人は「よかったらほかの服も着てみる？」「着たい着たい」「じゃあわたしの部屋に来なよ。コスプレ衣装ばっかだけど驚かないでね」などとハイテンションではしゃぎあっている。いまにも「行こ行こ」と手をつないでいきなそうな勢いだ。

「ちょっと待ったア！」

叫んだのはオレだった。

「ＭＤ０１さん」

「その呼び名はやめて。ここじゃ本名の航だから。なおそのＭＤ０１っていうのは『曼荼羅シェアハウス１０１号室』を略したものですから以後お見知りおきを。で、なんでしょ？」

いまひとつマッチしない日本語を操りつつ、いちおうは航はオレの話を聞く姿勢を見せた。

「君、いま、伯母さんから沙羅のことを聞いていたって言わなかったか？」

沙羅はスルーしていたがオレのセンサーにはおもいっきりひっかかる言葉だった。

「うん。自分たちには見えないけど、ひょっとしたら沙羅ちゃんは犬千代君と一緒にいるかもしれない。だったらあなたには見えるはずってね」

「そんなことを伯母さんが……」

「だからじゃないのか。犬千代をここに住まわせようとしたのは」

雷だった。

「え？」

「このシェアハウスって、沙羅ちゃんが見える住人ばっかだろ。ここに犬千代を呼べば、沙羅ちゃんも退屈しないで済むって考えたんじゃないか」

「そうね」

背後から聞こえたのは珊瑚の声だった。

振り返ると、いつの間にか廊下にネコ耳の人が立っていた。

「昨日の話では」と言ったのは杜美だった。

「沙羅さんには、話せる相手がずっと犬千代さん一人しかいなかった、ということでしたよね」

その言葉に、オレはハッとなった。

「伯父さんたち、ひょっとして沙羅がオレのそばにいるってわかっていて……？」

ふふ、と珊瑚が笑った。

「そういえばわたし、宏大さんから出かける前にこう言われたわ。あいつ……あいつって犬千代君のことね。俺たちの見立てが間違っていなければ、あいつ、変わったものを連れて来るかもしれない。よろしく頼むって。沙羅さんのこと、見えてはいなかったけど感じてはいたんじゃないの」

「伯父さんたち、沙羅の存在を感じていたんだったらなんでオレに訊かなかったんだよ」

どすっと腹になにかが当たった感触がした。沙羅が肘を打っていた。生身だったら強烈なボディブローだっただろう。

「犬千代がこわい話が苦手だからでしょ！　小三のとき、伯父さんたちに怪談聞かされて泣いておしっこもらしたの忘れたの？」

「わわわ、こんなところでそんなこと言うな！」

慌てるオレを見ながら、雷が「おいおい、こいつこんなんで試験受かるのか？」と航や蓮花に訊いている。試験ってなんだ？　大学は入ったぞ。運転免許も受験が終わってから教習所に通って取ったぞ。

「そうか。伯母さんがこのシェアハウスに住むのはあなたたちのためよって言っていたのは、こういう意味だったのね」

沙羅の言葉にオレも思い出した。そうだ、確かに伯母さんはオレにこう言った。「あなたたちのためよ」と。あれはオレとシェアハウスの住人のことを意味していたのではなく、オレと沙羅のことを指していたのだ。

「伯母さんたち、友だちのいないわたしに友だちをプレゼントしてくれたんだね。なのにみんな聞いて。ひどいんだよ、この犬」

いま「犬」って言ったか？

「なにがひどいの」

蓮花が訊いた。

「自分は東京に行って彼女をつくるからお前は田舎に残れって言ったんだよ」

「最低だな」

雷のパンチが空を切った。喰らうはずのオレは床にへばりついて土下座していた。

「ごご、ごめんなさい！　言いました、はい、確かにその通りではありませんがそういったニュアンスのことを口にしました！　だって、まさかみんなに沙羅が見えるだなんて夢にも思わなかったんですうう～！」

てか、確かめるのを忘れていた。

顔を上げると冷然とした十二個の目がオレを見据えていた。くっ、怯まずに訊こう。

「あのさ、なんでみんなは生身の人間を相手にするみたいに沙羅に触ることができるんだ」

素朴な疑問だった。

「どうして航ちゃんの服は沙羅でも着られるんだ？」

これも不思議だった。

「どうしてみんな沙羅が……ゆ、幽霊だってすぐにわかったんだ？」

禁断の一言を発した。

くすっと笑ったのは蓮花だった。

「わたし、悪魔だから♡」

「……悪魔じゃなくて小悪魔だろう」

なるほど、異形には異形が見えるとでも言いたいわけね。

「わたし、神だから」

雷にはこう突っ込んでやった。

「確かにあんたは神懸かり的につええよ」

「ゾンビと幽霊は基本的に相性が良いのです。なにしろ死者同士ですからね」

「杜美さん、まずくてごめんな。でも妹は喰わないでくれ」

「相性だったら化けネコもいいわよ。化けて出た同士だしね」

「そういや珊瑚さんって、動物にたとえたらネコっぽいね」

てか、いまだってネコ耳だし。

「わたし、エンジェルだから」

航がニヤリとした。

「自分で天使とかいうやついるか。まあ、画像のコスプレはすごかったけどさ」

ちらっと見た画像の中には天使のコスプレもあった。あの写真だけなら白いイメージなんだけれどな……。

「悪魔に神にゾンビに化けネコ、それにエンジェルか……」

ちっとも答になっていない。

だけど、とオレは思った。

いいやつらじゃないかって。伯父さんたちの言う「いいコ」は間違っていなかった。

性格性質ともに揃いも揃って難アリだが、あばたもえくぼと思えば許せる。

「さあ、こんな狭いとこでいつまでも話していないで場所変えよう」

航の提案にみんなも「そうだね」と頷いた。

「そういや、四人して奥でなにをしていたんだ」

オレは立ち上がって訊いた。

「蔵の空気を入れ換えていたの」

蓮花が答えた。

「蔵？」

「知らない？　奥に蔵があるんだよ」

「そんなものがあったんだ」

まあ、この家ならそれくらいあっても不思議はない。

「叔母さんに頼まれていたんだよ。帰ったら蔵の換気扇を少し回して空気を入れ換えておいてって」

「へえ」

「いちおう管理人なわけでしょ。わかんないことがあったらわたしに聞いてね」

梨紗伯母さんの姪というポジションを考えると、たぶんこの家に最も詳しいのは航なのだろう。慣れない管理人の仕事も航がいればどうにかなるかもしれない。

ゲームショウでのことなども話したかったが、一緒に住んでいるのだからいつでも聞けるだろう。

どうにせよ、沙羅に友だちができたのはいいことだ。

オレは自分が沙羅を田舎に残して来ようとしたことなど都合良く忘れて本心からそう思った。

別に沙羅は生き返ったわけじゃない。

でも、友だちがいて、話ができて、服を着替えることができて、そしてオレもいる。

生きているのと、なにも変わらないじゃないか……。

妹は幽霊ですが、なにか？

【第8章】　襲来

それからの十日間ほどはあっという間だった。

オレは晴れて入学式に臨み、無事に大学生となった。

大学は徒歩と電車で三十分のところにあり、通うのに不便はなかった。あるとしたら雷とは一緒に歩けないことだった。雷は「誰かに見られたら彼氏と思われる」と、たとえ同じ時間に登校せねばならない日であっても別行動を命じてきた。

呆れたのは大学に行くときの雷の身なりだった。

擬態、仮装、扮装、つーかこれこそコスプレと言った方がいいだろう。登校するときの雷は胸にリボンのついたワンピースやら無地のブラウスやらといったお嬢様ファッションで身を固めていた。そこに本来の顔である武闘派の影は微塵もない。本人に言わせると彼氏をつくるための「恋活」とやらに取り組んでいるらしい。そして、その格好はそこそこ似合っていたりするのだった。が、正体を知っているこっちにはかえって不気味に見えた。本人の希望でもあることだし、オレは努めて女子大生・紫電雷を無視することとした。キャンパスで出くわしたりしてもスルー。それがお互いのためだった。

毎朝出かけるのはオレや雷だけではなかった。公務員である珊瑚は職場に、杜美はバイト先の神社に、航は高校に、蓮花は迎えに来る芸能事務所の車で仕事や中学に通っていた。

で、沙羅はというと。

「ねえねえ見て見てー。似合う？」

「ん？　ああ、似合う似合う」

「なにその適当な感想は？　かわいいとか言えないわけ？」

「かわいいよ。かわいいかわいい」

「心がこもっていない！」

「オレの心はまだ寝たいと訴えている」

「起きてよ。ちゃんと見て！」

オレは朝っぱらから花魁のような艶やかな着物をまとった妹を見てあくびをかます。

「せっかく航ちゃんが着せてくれたのに」

「航も暇だな。毎日毎日」

ベッドサイドの時計を見ると六時半だった。あと一時間は寝たかったのに起こされた。

「だって航ちゃんはこれが仕事だもん」

「仕事っつーのかよこれ」

オレはしゃあなく身を起こし、一度まぶたをこすってから目の前に立つ沙羅を見た。

よく見れば着物と思った物は純和風ではなく、そこかしこにＳＦチックな意匠を凝らしたネオ着物だった。どうせ深夜にやっているようなアニメ番組のキャラクターのコスプレだろう。

「すごいでしょ、これ完成仕立てだよ。徹夜で縫っていたんだって」

「情熱は認めるよ。けどこれがなんになるんだ」

「これで大学に入るんだって」

「なんだそりゃ？」

「航ちゃん、コスプレで一芸入試するんだって」

「……マジかよ」

そんな大学があるのか。広い東京だったらあるのかもしれない。いまどきは少子化で私大は学生を獲得するのも大変だろうしな。しかしだからといってそれが巡り巡ってオレの安眠を妨害するのだとしたら迷惑な話だ。

このところ、沙羅は毎日航の部屋に入り浸っている。目的はもちろん「着替え」だ。MD01様の部屋は沙羅が着られる服で溢れている。いきなりファッションに目覚めた妹は、航に服を借りてはこうしてオレに見せに来る。そして「かわいい」や「似合う」といった感想を強要するのである。

航は航で、自分と体形が似ているのをいいことに沙羅をマネキンにしてコスチューム作りに励んでいる。持ちつ持たれつってところか。

「すごいんだよ、航ちゃんのブログ」

「想像はつくよ」

オレはネット上に流れているMD01の画像を何枚か見ただけで航のブログ本体はチェックしていないが、そこには大量の写真や動画がアップされているらしい。むろんコスチュームの大半は航の「作品」だ。

「ところで、今日はその格好で大学に来るのか？」

「まさか。せっかく着替えができるようになったんだからTPOに合わせた格好をするよ」

航が学校に行っている時間は、沙羅はオレと一緒に大学に来る。キャンパスに着いてからは割と別行動だ。これは中学や高校でもそうだった。

「お前さ、たまにはオレとばかりいないで航の学校でも行ってみたら？」

「んー、それもいいかも。航ちゃんもいつでもおいでよって言っていたし」

「そうしろそうしろ、歳を考えたらお前には高校がいちばん似合う」

「でも高校なら犬千代の学校でさんざん見てきたからなー」

「東京の高校は違うだろ」

「そうだろうね」

「おしゃれなコとかいっぱいいそうじゃん。きっと勉強になるぞ」

「なるかなー」

「なるなる」

沙羅がいなければオレには行動の自由が生まれる。いまだ入会はおろか、どのサークルも見学していないのは沙羅の目があるからだった。

このところ沙羅を巡る環境の変化にばかり気を取られていたけれど、オレには人生百年の計とも言うべき大目的がある。

彼女をつくる。

そのためには沙羅を遠ざける必要があった。

この点で、シェアハウスの存在はありがたかった。ここには沙羅と話すことのできる人間がオレのほかに五人もいる。沙羅がもしオレだけでなく外でもこの五人と行動するようになれば、必然的にオレには自由な時間が与えられるというわけだ。

実家を離れてふたりきりになったせいだろうか、それとも「着替え」という新アイテムのせいだろうか、オレの中で沙羅の持つ「脅威」は日増しに大きくなってきていた。ぶっちゃけ言うと、沙羅はどんどんかわいくなってきている。人として道を踏み外さぬためにも、オレは誰か別の女の子に夢中にならなければならない。

「どうだ、今日とか航の学校に行ってみたら。オレ夕方まで授業ばっちりだし、大学来てもほとんど遊べないぞ」

こちらの企みに気付いていない様子の沙羅に、オレは勧めてみた。

「んー、航ちゃんに聞いてみるわ。迷惑じゃなかったら行ってみる」

「うん、わかった」

いい気分になったオレは洗面所に行った。じゃばじゃばと水で顔を洗い、鏡に向かってニヤリとした。

「ぐふふっ、好機到来だぜ」

笑い始めるととまらなかった。

「ぐふぐふぐふ！　つくってやる。邪魔者を排除してかわいい彼女をつくってやる」

脳内にははやくもまだ見ぬ彼女とあんなことやこんなことをしている自分がいた。間違っても「妹」に対しては抱いてはいけない欲望だ。

「ふわっはっはっはっはっは！　ハハハハハハハハ――――――――ッ！」

たいして広くもない洗面所に笑い声がエコーする。それがますます自分を気持ち良くしてくれた。

上半身を反り返して笑うオレの耳に自分の笑い声とは別の声が聞こえたのはそのとき

だった。

〈……この……バカ！〉

へ？

肩を揺らしていたオレの動きはぴたりと止まった。

「い、いま誰かなんか言ったか？」

聞こえたのは女の声だった。耳というよりも頭に直接響くような声であった。

洗面所のドアを開けて廊下を見た。誰の姿もなかった。

気のせいだな、と片付けたかったが、そうもいかなかった。

この声を聞くのは二度目だ。

一度目は、初日の風呂の中で聞いた。あの声といまの声はオレには同じに聞こえた。

思い出したのは、やはり最初の晩、沙羅が寝る間際に口にした言葉だった。

「この家、なんかへんだよ」

へんなのは自分の耳だと思いたかった。


伯父さんから絵葉書が届いたのはこの日のことだった。

大学から戻ると離れのポストに宅配ピザや廃品回収屋のちらしと一緒にマヤ遺跡らしきピラミッドの写真がプリントされた葉書が入っていた。

なにぶん絵葉書なので文章が短い。

全部書き写してもこんなものだった……。

＊　　　　＊

犬千代様

管理人生活には慣れたかな。

そろそろ何事か起きる頃だ。

管理道具は蔵の中にあるからな。

まちがってケガでもしたらうちの病院に行け。保険証忘れるなよ。

旅の空の下にて。宏大

＊　　　　＊

……これだけである……。

なんなんだ、いったい。「何事か起きる」ってのはなにを意味するのか。ちっとも具体的でない。おまけに「ケガでもしたら」ってなんだ。気になるではないか。

航の学校から帰って来た沙羅にも見せたが、やはり首を捻るばかりだった。

「別にこれ、心配するほどのことじゃないんじゃない？」

最終的に沙羅が出した結論はこうだった。

「何事かっていうのは、たぶんわたしに関係することなんじゃない？　みんなとしゃべれたこととかさ」

「そうだな。気にすることないか」

そう答えたものの、やはり気になる。自分の中に漠とした不安がある。

けれど沙羅はうかない顔をしているオレを置いて、「それよかパソコン貸して」などと言い出すのであった。

「なんだ、まさかまたよけいなメールを書こうってんじゃないだろうな」

「しないからー。携帯でもいいけど、できればパソコンがいいな」

「いたずらしないな？」

「だからしないって。パソコン借りるたびにそれ言うのやめてよ。あれから一度もしていないじゃん」

「どうだか」

オレが警戒しているのにはわけがある。

忘れもしない高校二年の秋のことだ。オレは、なんと見知らぬ後輩の女子からラブレターをもらうという夢のような出来事に恵まれた。夢のような、というのはこの場合嘘ではない。校門から下校するオレを待ち伏せてラブレターを手渡して来たのは、校内でもおそらくかなり上位にランクするであろう整った容姿を持つ美少女であった。

舞い上がったね。そりゃ舞い上がるでしょ。十七歳にして人生初のラブレターっすよ。

だけど夢は一晩にして潰えた。手紙には彼女のメールアドレスが記してあった。

ここまで言えばもうおわかりだろう。

沙羅のやつがオレの名を語ってオレのパソコンから勝手にメールを送りやがったのだ。

その晩、どこに行っていたのか遅くに帰って来た沙羅は、オレがラブレターを矯めつ眇めつしながらニヤニヤしているその横でメールを打った。間抜けなオレはまたお気に入りのスレにでも書き込みをしているのだとばかり思って気にせずにいた。

沙羅の送ったメールは、一瞬にして相手の女の子の恋情を極北へと持ち去った。

オレはそれを読んではいない。送信したと同時に沙羅が削除してしまったからだ。

翌朝、オレは教室で彼女とその親友らしき女子の訪問を受けた。可憐な一年女子の到来にまわりのやつらは色めきたった。ざわざわしているクラスの連中の前で、彼女は冷然とした声でこう言った。

「変態！」

親友の女子が汚物を見るような目でさらにこう付け加えた。

「警察には言わないでおいてあげます。その代わりこのコには二度と近付かないで」

そのときにはもうオレにはなにが起きたのかすべてわかっていた。

沙羅が彼女の家を探し当てて上がり込んだのは間違いなかった。きっとあれやこれや観察してきたに違いない。彼女の部屋を、持ち物を、着ていた下着の色に至るまで。

このときを境に、クラスでのオレのあだ名は「変態」となった。ほどなくしてそのあだ名は校外へも飛び火し、双子の妹の波琉や祖父の家に住む従姉妹が通っていた学校にまで到達した。

オレは家でも「変態」と呼ばれるようになった。それから数週間、波琉や従姉妹はオレと口をきいてくれなかった。

考えてみれば、もはやこれはいたずらなんてものではない。犯罪である。

さすがにオレは怒った。波琉がそうしたのと同じように、オレも沙羅と口をきくのをやめることにした。沙羅は「わたしがそんなメールを出したっていうなら証拠を見せてよ！」と開き直ってみせたが、似たような前科は過去にもあったし、それでオレの態度が変わることはなかった。

もっともオレは波琉と違って何週間も意志を貫徹することはできなかった。一晩すら。

その晩、夜になると添い寝をオレに拒まれた沙羅は部屋の隅でしくしくと泣きつづけた。

「おにいちゃん……ごめんなさい」

暗闇に、ひっくひっくと妹の泣き声だけが聞こえた。

「もうしないよ、だから許して……お願い」

オレは座り込んでいる妹に背中を向け、頭から布団をかぶった。

「おにいちゃん……おにいちゃん……」

耳をふさいでも聞こえてくる沙羅の声にオレはとうとうたえきれなくなり、黙って掛け布団を持ち上げた。

沙羅がベッドの前まで来た。

「許してくれるの？」

「許さない。でも入っていい」

布団に入って来た沙羅は、こころなしかいつもより冷たく感じた。冷え性の人みたいな冷たさだった。

「冷えたのか？」

「ゆ○○い」に対して間抜けな質問だった。

「ごめんなさい」

沙羅は質問には答えず、くすんと鼻を鳴らした。

オレは途方に暮れた。

この先、こいつはどうなるのだろう。

オレはどうすればいいのだろう。

この思いはいまに至るまでずっとつづいている。しかもより増幅して……。

「見て見てー」

記憶を掘り返していたオレの袖を沙羅が引っ張った。

「また見て見てかよ」

億劫なのを隠さずに机の上のパソコンを覗いてみた。

これまでにない衝撃を受けた。

「な……」

「いいっしょ?」

「なんだよこれはあああ————————————!」

オレはパソコンから飛び退くように後ずさりした。

「ちょっ、逃げなくてもいいじゃない」

「おおお、お前、お前、なんだこれは? いったいなにが起きたんだ?」

がたがた震えながら、それでもパソコンを指さした。

「かわいいでしょ。見てよ」

「見ているよ。見ているから驚いているんじゃないかよ。なんなんだこれは？」

「わたしにもよくわかんないけど、起きたことは起きたんだよ」

モニターにあったのは沙羅の写真だった。

沙羅の写真である。

今朝撮ったとおぼしきあの着物をアレンジした衣装を着た沙羅のコスプレ画像だった。


「どうやって撮ったんだ。誰だ撮ったのは。航か」

「そう。わたしも驚いた」

「わたしも驚いたじゃないだろ、お前」

驚きを飛び越えて戦慄を感じた。いままで沙羅がカメラのレンズに映るなんてことはなかったのだ。何度か試したことはあったけれど、映ったことは一度もない。巷で言う念写だとか心霊写真だとか、あれは全部嘘っぱちだとオレは確信を持って言いきれる。それくらい沙羅はレンズの前では透明な存在だったのだ。

それがこうして写っている。アップされているのは航のブログだった。

「霊感の強い人間が撮れば写るものなのか？」

それにしても、これを見ても誰も心霊写真などとは思わないだろう。画像のなかの沙羅はまったく生身の人間そのものだった。おかしいのは着ている衣装くらいなものだ。

いやあ、たまげた。

たまげますってば、ほんとマジ。

どうなってんだいったい。オレにできることは、とりあえずはずれそうになった顎を閉じることだけだった。

「ところで沙羅、このMD06ってのは？」

「わたしのコスプレネーム」

「……愚問でした」

「ゆ○○い」の妹がコスプレイヤーになってしまったよ。


沙羅と話していても謎は一向に解決しそうになかったので、航のいる一号室をノックした。ちなみに『曼荼羅シェアハウス』はラウンジを間に挟んで玄関にいちばん近いところが三号室＝雷の部屋、ラウンジの向こうの二号室が蓮花の部屋、その奥の一号室が航の居室、二階に珊瑚の四号室と杜美の五号室という配置になっている。一階にも二階にも空き部屋がいくつかあるが、とくに募集はかけていない。ほかにオレと沙羅のいる離れや蔵もあるし、こうして考えると七人で使うにしてもかなり贅沢な空間といえた。

「犬千代？　なーに、入っていいよ」

ドアの向こうから返事があったのでオレはドアノブをまわした。断るまでもなく、すでに航もオレのことは「犬千代」と呼び捨てにしている。

「うわ」

「なにがうわなの。失礼な」

「ごめん、すごいな……」

初めて見る航の部屋は、想像以上の異世界であった。

人がいることが許されるのはミシンやパソコンの乗った作業台の周辺のみ。あとは床一面、服服服。服だけでなく生地生地生地。帽子類にマントに剣だの盾だのの小道具類。ずらりと並んだハンガー台には色とりどりかつ奇抜なデザインのコスプレ衣装が隙間なくかかっている。足の踏み場どころか寄りかかる壁すらないといった感じだ。

「いったいどこに寝ているんだ」

「寝るときはベッドだよ」

見れば、衣装が幾重にも折り重なったベッドらしき「高台」が部屋の一角にあった。

航は制服の白シャツにスカート姿のまま作業台で縫物をしているところだった。ここだけ切り取れば女子高生がお裁縫をしている微笑ましい図なのであるが、あいにくその手がぬいぬいしているのは派手な飾りがついたパッションレッドのランジェリーであった。

「空いている部屋があるんだから、物置にでも使えばいいんじゃないか」

「この方が落ち着くんだよね」

まあ、好きなものに囲まれていたいという気持ちはわからなくもない。

「なんか用？」

縫物をする手を止めずに、航は訊いてきた。

「写真のことなんだけどさ」

「写真がどうかした？」

「沙羅が写真に写るなんてかつてないことなんだよ。いったいどうやって写したんだ」

「念写」

「ふーん」

はい、そうですか、と引きあげるわけにはいかなかった。

「念じれば写るわけ？」

「わたしが念じればね。普通の人じゃ無理」

そりゃそうだろう。

「航ちゃん、君って何者？」

「コスプレイヤーでゲーマーで女子高生」

「それはわかっている」

「梨紗叔母さんの姪」

「それもわかっている」

「大天使ミカエル。神が創りたもうた最強の戦士にして守護天使」

「はいはい。冗談がお好きなことで」

「これでおしまい。もう聞くことないでしょ」

「梨紗伯母さんの姪なら、念写で沙羅が写せるわけ？」

「あの人、呪術師だよ」

「わかっているよ。いや、実際はよくわかっていないんだけどさ」

呪術師というのは念写ができるのか。

「犬千代は親戚つながりだしこの家の住人になったんだから教えてあげるよ。叔母さんたちには、とくに梨紗叔母さんには媒介としての力があるんだよ。叔父さんの家系はよく知らないけど、叔母さんの家は、つまりわたしの父親の家は代々祈祷師の家なんだよ」

「じゃあ、君にもその力が宿っているわけ？」

「わたしにはあまりないみたい。うちのおとうさんにもない」

「媒介としての力ってどういうことさ」

「トンネルみたいなものだよ。叔母さんたちがそれを呼ぶと、叔母さんたちを通してそれが通過し、こっちに来るっていうね」

「なにが来るんだ？」

「いろんなもの」

なにやら話の雲行きがオレの苦手とする方向に変わってきた。

「叔母さんたちが媒介となるのは、祈祷をしているときだよ。わたしも生まれたときに受けたことがある」

「生まれたときに？」

「わたし、すごい未熟児で生まれたんだよ。危ないところだったらしい」

「それで伯母さんが祈祷を」

「そう、そうしたら天使が降りて来てわたしとひとつになった」

「なるほど、それでエンジェル誕生か」

信じるかよ、アホ。だいたい君は天使ってイメージじゃないだろ。

「天上にいたときの記憶もあるよ。話してあげようか」

「今度にしてくれ。それでコスプレイヤーとゲーマーになったわけね」

「天使って裸でいるか白い服を着ているかじゃん。わたしもっといろんな格好したかったんだよね」

「ゲームは？」

「うちは父親も筋金入りのゲーマー」

「遺伝ってわけね」

腹も減ってきたことだし、このへんで話を切り上げよう。それに航のオレを見る目が真剣過ぎてなんとなくこわい。こいつ、親戚筋だからと気をゆるしていたけれど、案外やばいやつなのかもしれない。

「わかったよ。とにかく航には伯母さんの祈祷によってもらった普通の人にはない力があるんだな」

「まだ終わっていないよ」

航は縫物をやめていた。射るような目でオレを見ていた。

「ある種のマシンに脳波をリンクさせることで、そのポテンシャルをスペック以上に高めることができる」

「え？」

「たとえば、ゲームマシンとかね」

「なに言ってんだ」

「なんでもない、いまのは戯言だよ」

「気になるんですけど」

「ゲームショウのあれ、楽しかったでしょ」

「うん。よく覚えていないけど」

「あのマシンは最高だったね。アメリカが本気出すとああいうのつくれちゃうんだから。あれ実はうちの父親が開発に参加しているんだよね」

「航の父親って？」

「研究者。最近はサタンフォード大学ってとこの工学大学院で先生をやっている」

「ただのゲーマーかと思ったらすごいおとうさんなんだな。あ、それでこの間はアメリカに行っていたのか」

「そっ。向こうに両親がいるんでね。ちなみにうちの父親は別にすごかない。なにかっていうとイノベーションを起こすだのチェンジ・ザ・ワールドだのとのたまわっているけど、正体はただのデジタルバカだよ」

「あのゲーム、ものすげえリアルだったことはなんとなく覚えているよ」

「わたしたちがやったのはあれ一度きりの特別バージョン。ほかの人たちはあそこまでのものは体験していないよ」

「どういうことだ？」

「わたしが、やった」

「またまた」

笑い飛ばそうとするオレに「本当だよ」と航はたたみかけた。

こいつ、妄想マニアか？　父親のことは言えないな。

「それよか、そろそろなにか起きる頃だからがんばってね」

どっかで聞いたセリフだった。

「もう十分いろんなことが起きているよ」

「もっと起きるよ。見回りはしている？」

「しているよ、毎晩」

夜、寝る前に家のまわりや庭を見回るのは伯父さんから言われていた管理人の仕事だった。二日目の晩から、オレはこの義務を果たしていた。

「出るからね、この家」

「やめてくれ、そういうのは！」

「むきになっちゃって」

「マジ苦手なんだよ、そういうの」

「沙羅ちゃんがいながら？」

「あいつは別！」

「なんかよくわかんない区別の仕方だね」

まいっか、と航は呟いた。

「信じる信じないは犬千代の勝手だよ。こっちの言いたいことはこれでおしまい。そっちは？　用件はこれだけ？　わたし裁縫のつづきがしたいんだけど」

「ごめん。行くわ」

部屋を出ようとしたところで言おうと思っていたことを思い出した。

「あのさ。沙羅をブログに登場させるのは、ほどほどにしてくれないか」

「なんで」

「あいつ、ほら、なんていうか実体ってものがないじゃん。だけどネットで人とつながることはできるんだよね」

「で？」

「前にも一度あったんだ。ネットで仲良くなった女の子たちがオレたちの町に遊びに来るってことが……」

会おうよ、と誘ってくる相手に、沙羅は「その日は旅行に行く」と嘘をついた。ほかにどうしようもなかった。

あれ以来、沙羅はちょっとした書き込みくらいはしてもネットのコミュニティに深入りはしなくなった。オレもそれについては触れずにいた。

「そういうことならわかった。ラジャー」

さすがに言わんとしていることは航にも伝わったようだった。

「邪魔して悪かったな。あとでまた食堂で」

ドアを開けたオレを、今度は航が「待って」と呼び止めた。

「犬千代、あなた叔母さんや叔父さんの祈祷を受けたことはある？」

「いや、ないと思うけど」

もしかしたらあるかもしれないが、あるとすれば記憶にないような小さな頃の話だろう。

「沙羅ちゃんは？」

「ないだろう」

「そう。へんだな」

首を傾げる航を置いて部屋から出た。

廊下を二、三歩進んだところで、オレは湧き上がってきた心象風景に遮られたかのように歩みをとめた。

〈ある〉

沙羅もオレも受けている。

祈祷を。


月の明るい夜だった。

見回りに出たオレは、不要と感じつけていた懐中電灯を消した。足もとの庭は花盛りで、タンポポやレンゲソウ、それに名前を知らない花などが地面を覆っている。月明かりに照らされた花畑はなんとも幻想的だった。

歩きながら、ときどき母屋を振り返る。ラウンジにはまだ誰かいるらしく半分ほどに落とした照明がついていた。航や杜美の部屋はカーテン越しに明かりが洩れている。沙羅は、ここんとこ毎晩そうであるように航の部屋でおしゃべりでもしているに違いない。

杜美は部屋でマンガを描いているはずだ。だとすればラウンジにいるのは雷と珊瑚か。

蓮花はさっき見たときはまだ帰っていなかった。撮影かなにかで遅くなっているようだ。労働基準法とか児童なんとか法とかにひっかかるんじゃないかとも思うのだが、こういうことはよくあるらしい。

オレは家の明かりを確認すると、意を決し桜の木の向こうの雑木林へと足を向けた。

今日で何日目だろう。

もうだいぶ慣れたけれど、それでもこわくないと言ったら嘘だ。

最初の晩などは沙羅が一緒にいてくれたからいいものの、でなければ一分で逃げ出していた。なにも出ないとわかっていても、なんか出たらどうしようという思いは消えてくれない。

それでも今日は月が明るいだけまだましだ。

いつものように小径を公園との境の柵まで行く。上部に有刺鉄線を傾斜させて張ったネットの向こうも同じような雑木林だ。ずっと先に公園内の街灯の明かりがある。

「なにも出やしないじゃん」

声にして否定してみた。実は見回りを始めてからずっと、夕方の航の言葉を反芻していたのだ。

「あいつめ。自分は見回りしないで済むからって適当なこと言いやがって」

ハハハのハだ。なにが「出る」だ。出るなら出てみろ。

言っているそばから横の茂みで「がさっ」という音がした。

慌てて懐中電灯のスイッチを入れて照らした。

「……なんだよ。お前か」

草むらの暗がりにいたのはときどき見かけるノラネコだった。

「おどかさないでくれよ」

ネコの方もオレを認識しているらしく、「ニャア～ン」と甘えた声を出してすり寄って来た。「よしよし」と頭をなでてやると、ネコはお返しにぺろんとオレの指をなめた。

「お前、よく見ると毛並もいいしきれいな顔しているな」

ほめられたことがわかったのだろう。ネコは見覚えのある人の顔になってニコッと微笑んだ。

「んっ？」

もちろん錯覚だった。瞬きするとネコの顔はもとに戻っていた。

「はあ、なんだよいまの」

つーか、いまの顔は珊瑚じゃないか。ネコの首から上だけが珊瑚になった。

「ありえねえし……」

苦笑いして頭を振る。恐怖心がおかしな錯覚を呼んだようだ。このチキンぶり、我ながら情けない。

「ねえ待って」

立ち去ろうと背中を向けたところで、ネコがいる辺りから声がした。

ぞくりとしつつも、オレは振り返る。ほかにどうしろと言うのだ。

ネコと目が合った。瞳が青く光っていた。

むくっ。

ネコの体が波打った、かと思いきやひと回りでかくなった。

え……？　オレは絶句して声が出ない。

むくっ。むくっ。むくっ。

波打つたび、ネコがでかくなっていく。まるでポケットを叩けばビスケットが増えるように。

「ゲッ！」

むくっ、むくっ、むくっ、とネコは膨らんでいく。

「ゲエエッ！」

むくっ、むくっ、むくっ。むくっ、むくっ、むくっ。むくっ、むくっ、むくっ。

「な、なんだよこれ！」

でかくなってどうするんだ。バスにでもなる気か？　いや、ないっしょ。ありえないでしょ。

ネコがオレの数倍のでかさに変わるのに一分もかからなかった。

「な、ななな、ななな……ん、なん、なんだ、だ、だ……こ、こ、これ……」

理解不能の事態に言語中枢がいかれそうだった。

オレを見下ろすネコの瞳は、小鳥や虫でも見つけたかのように爛々としている。オレはその視線を手で遮った。

「ちちち、違うぞ。オレは獲物じゃないぞ！　てか、なんでお前でかくなるんだよお～！」

ないし、ないし、ないし、心で何度か念じたがネコのサイズはもとにはもどらなかった。

「シャッ！」

ネコが牙を向いた。

「キャイイ――――――ン！」

悲鳴をあげて逃げ出すオレ。当然である。しかしあんな巨大ネコ相手ではたちまち追いつかれてしまうだろう。

それでも恐怖が勝った。小径を奥へと走った。

幸いにして、ネコは追いかけて来なかった。

「はあっ、はあっ……」

切れた息を整えるのに休んだ場所は小径が幅を広げた空き地だった。

「本当にもう、なんなんだよいまのは？」

ネコが珊瑚の顔になり、もとに戻り、そして肥大化した。どれをとってもありえないことだ。素人のオレでもいまの出来事が生物学的に無茶苦茶だということは理解できる。

「くそっ、航のやつがよけいなこと言うからだ」

とっとと母屋に戻りたい。だけど……。

「いったいここどこだよ」

間違って公園のなかに入ってしまったのだろうか。空き地の端にはお堂のようなものがあった。いままでの見回りでは見なかったものだ。

訝りつつ近寄ると、内部にほのかに明かりがともっていることに気が付いた。耳には念仏らしきものを唱えている人の声が聞こえた。

「……シラマンダヤソワカ……オンベイシラマンダヤソワカ……」

どこかで聞いた念仏だ。いや真言というものか。声は女のものだった。

「……雷さん？」

蓮花に叫ばれて羽交い締めにされたときのことを思い出した。あのとき雷はこの真言を唱えながらオレを窒息寸前に追い込んでいったのだ。

「雷さんか？　いるなら返事をしてくれ」

問いかけに、真言がとまった。

「オレだよ。犬千代だよ」

観音扉に声をかける。するとギシッと床が軋む音がした。なかにいる人物が動いた。

「開けていいかい？」

扉は格子状になっていて、わずかだがなかが窺えた。てっきり雷がいるのかと思って扉を開けようとしたオレは、のばしかけた手を引っ込めた。

でかい。

堂の内側にいるのは、先程の化けネコもかくやといった大きさのなにかだった。雷じゃない。

じりっじりっと後ずさりを始めたところで扉が開いた。

ぬっと現われたのは、故郷の寺にもあるものだった。

「び……毘沙門天？」

違うのは、故郷の寺のは動かぬ木像で、目の前にあるやつは動くことだった。唐風の鎧に長い宝棒。マントを羽織った姿はいかにも英雄然としている。

「えっ」

顔を見て驚いた。

「ら……雷さん？」

素は雷の顔だが歌舞伎役者のような隈取が入っている。

「い、いや違う！」

否定したのは自然なことだろう。なにしろ登場したのは雷とははるかにサイズが違う、身の丈三メートルはあろうかという巨大な毘沙門天だった。顔だって雷の何倍かでかい。

毘沙門天がジロッとオレを見た。不機嫌そうだ。

「あ……すみません。お祈り中でございましたか」

オレはへらへらと笑って揉み手をした。相手は神様、ここは胡麻をするに限る。

「てっきり友だちかなと思ってしまって……いやいやお美しいお声ですね。あ、そうだ、いまは持ち合わせがないんですが次来るときはお布施を用意しておきます。やー、まさかこんなところに毘沙門天堂があるだなんて知らなかったなー、たはは」

そいじゃあっしは、といった具合に逃げようとしたのだがそうはいかなかった。

ザクッ！

「ひゃっ！」

行こうとしたオレの前に宝棒が飛んできた。びぃぃぃん、と震えながら音を立てて地面に突き刺さっている。あやうく頭を打つところだった。

「おいこら、訂正しろ」

毘沙門天は「ちっ！」と舌打ちした。

「誰が友だちだ！　おめえとわたしゃ主従関係だっつうの」

この声は……。

「てか、飼い主と犬？　ギャハハッ」

「やっぱ雷さんか！」

確信を持って訊いた。

「雷さんなんだろっ。なんだよそのでかい図体は。自分の顔そっくりにつくった着ぐるみか？」

「神様をつかまえて着ぐるみとはよくぬかしたもんだな」

「わかったよ、神様だな。神様でいいよ。てか、なんなんだよ、ここは。さっきもへんなデブネコに襲われかかったし……」

「あ、お前いま言っちゃいけないこと言った」

「え？」

「おーい、こいつデブとか言っているぞー」

やばい。あのネコを呼ぶ気だ。

代わりにやって来たのはネコではなかった。ざわざわっと音がしたので見上げると、月光で明るかった空が暗くなっていた。鳥かなにかの群れが塊となって飛んでいる。コウモリのようだ。

「キイイッ――――！」

コウモリたちがオレに向かって急降下してきた。思わず頭に手をやる。

「キーキーキイイイイッ！」

「わわわっ、いていていていて！」

腕や背中をちくちく刺された。噛まれているのとは違う。なにか尖ったもので刺されている。

「こらっ、やめろおっ！」

手をバタバタさせて振り払った。近くで見るそいつらはコウモリではなかった。

「なんだよこりゃあ～！」

ちっちゃいそいつらは、キーキー叫びながら笑っていた。

「悪魔かお前ら？」

羽があるからコウモリかと思ったがそうじゃなかった。西洋の民話なんかによく登場するデーモンだ。そのミニチュア版が群れをなしてオレに槍を投げつけているのだ。

「やめろやめろやめろ！」

ぶんぶんと手を振り回していると何匹かに当たった。チビ悪魔たちがボトボトと地面に落ちた。

「ちょっと、わたしのかわいい手下たちになにすんのよ」

声に、チビ悪魔たちがさっと引いた。群れの向こうに立っていたのは蓮花だった。

「れ、蓮花ちゃん……手下ってなに？」

蓮花はオレを無視して後ろのドデカ版雷に言った。

「雷ちゃん、こんな最初から正体明かしちゃダメじゃない。犬、ちっともこわがっていないよ」

「わりいわりい」

毘沙門天が頭をかいた。

「この犬が気安く人のこと友だちだとか言うからさ。つい躾が必要かなって」

「これじゃテストにならないじゃない」

「あはは。まあそう言うなよ。仕切り直しといこう。あとは蓮花に任せるよ」

「そうさせてもらうわ」

人のことを置いてなにを話しているんだか、この二人は。

「なあ、テストってなに？」

こいつら、どうもオレのことをはめようとしていたらしい。わかっちゃったもんね。もうびびる必要なんかどこにもないもんね。それにしてもこの飛んでいるチビ悪魔ども、本当はなんなんだか。最新型の空飛ぶおもちゃかなんかか。

「ねえ蓮花ちゃん。教えてよ」

尋ねているのに蓮花は答えない。代わりにビカッと目を赤く光らせた。

「蓮花ちゃん？」

なんで目が赤く光るんだ。これにはちょっとたじろいだ。

次いで、飛んでいたチビ悪魔どもが蓮花を包み込んだ。さっきの化けネコのようにむくむくと黒い影が大きくなってゆく。

「へ？」

じゃーん！　って感じで出来上がったのは、蓮花とは似ても似つかぬ大型デーモンだった。

「なんで……なんで、こんなことができるんだ」

デーモンがニタァッと笑った。バカを見る顔だった。

「え、本当は蓮花じゃなかったとか？」

オレはだまされていたのか？　気が付けば、後ろは毘沙門天、前はデーモンに塞がれていた。

ズン。音を立ててデーモンが一歩前に出て来た。

「うわあっ！」

咄嗟に横に飛び退いたオレは、そのまま雑木林に逃げ込んだ。

「なんでなんでなんでなんでえええええ〜〜〜〜〜〜！」

もう無理だった。一刻も早くこんな場所からは抜け出したい。

駆けた駆けた駆けた。これは悪夢なんだ、と呟きながら。

だってへんだろ。むくむく太るネコに身長三メートルの毘沙門天、それに赤い目をして変身する悪魔。こんなの世の中にいるわけがない。

わかった。これは夢なんだ。悪夢なんだ。チキンなオレにありがちの「こわい夢」なんだ。

ああ、そうか。わかったぞ。この間、住人たちが自分のことを化けネコだとか悪魔だとか神だとかと言ったのが影響しているんだ。あれが記憶に残っていて、悪夢に醸成されたのだ。

「ひい、ひい、ひいぃー！」

夢だとわかってもやっぱりこわい。こわいから逃げる。逃げる逃げる逃げる。

そういやあのとき、悪魔や神のほかにも誰かがなんか言った気がする。

なんだっけ、なんて言ったっけ？

身に危険が迫っているというのに頭に湧いた疑問が気になった。

なんだっけ、ほら、なんだっけ。

どこをどう走り抜けたのか、ふたたび小径に出た。そしてオレは、そこで疑問の答に出くわした。

小径にいたのは、オレにとってはゲームなどを通じて超お馴染みのものであった。

名を「ゾンビ」という。

ロメロ映画そのものといった青白い肌の男のゾンビが、オレに向かって両手をのばし、ふらふらと歩いていた。目測にしてその距離約二・五メートル。

「ひいっ！」

己の目を疑う時間すらなかった。オレはゾンビに背中を向けて逃げ出した。

「ででで、出た！」

だだっと走って途中で振り向いた。ゾンビはよたよたと歩きながらこっちにやって来る。どうやら幸いにして相手は歩くだけの古典的なゾンビのようである。これで走られたりしたらかなわない。

「そうだったあー、ゾンビだったあ！」

もういい、わかった。夢ならそろそろ覚めてくれ。さっきから走りっぱなしでリアルに疲れてきた。ごていねいに汗までかいている。背中のシャツのはりつき具合がこれまたリアルだ。てゆうか、本当に夢なのかこれ。

考えることができたのはそこまでだった。オレは走っていた足に今度は急ブレーキをかけた。

「だあっ！　うそでしょ――――！」

前方で待ち受けていたのはやはりゾンビだった。どんどんどーん、なんて擬音がぴったりの肥満体の腐乱屍体野郎がオレを喰おうと「んあ～」と口を開けて迫って来ていた。

横の雑木林に飛び込んだ。突っ切って一気に見通しのいいところまで走るのだ。

しかしそうは問屋が卸さない。映画だったら必ずこういう場面でほかのゾンビもうじゃうじゃと現われる。それが正しいシナリオというものだ。

大当たり。

林に飛び込んだオレを待っていたのは行く手を遮るゾンビの群れだった。茂みから、木の陰から、男や女のゾンビたちが次々に「んあ～」と姿を現わす。

「うわあああああ――――――――――――――っ！」

ゾンビたちをよけながら走った。右に左に蛇行しながら雑木林を駆ける。

「どわあっ！」

そろそろ起きるだろうと思いつつ起きたら絶対イヤだと思っていたことがやっぱり起きた。ぶっといケヤキの木の横を通り過ぎようとしたところだった。幹の向こう側からふらふらと女のゾンビが現われた。鉢合わせしたオレとゾンビはよける間もなく正面衝突した。

「わわわわわ――――――っ！」

バン！　とゾンビを吹っ飛ばした。衝撃で足がもつれた。勢いそのままに地面にもんどりうった。ゴロゴロと転がった。

素早く立ってその場から離れる。

家はどこだ？

さっきからずいぶん走っているのにまだ見えて来ない。いくら広い庭だからって、全力疾走すれば数十秒で母屋まで戻れるはずなのに、なんで着かないのか。

「ひゃ！」

「わっ！」

「うおっ！」

「おおおおお――――――――っ！！」

絶叫度が高くなっているのはそれだけピンチ度も上がっているということだ。いくら足ののろい連中とはいえ、そいつらが全員オレに向かって来るとなると徐々にかわすのが難しくなってくる。

「うわああああああああああああ――――――――っ！」

包囲された。オレは弱そうな一体を両手で突き飛ばして逃走路を確保し、全力疾走でゾンビの輪から抜け出す。

〈逃げていないで戦え〉

声がした。あの女の声だった。耳ではなく頭に直接響くような声。

「戦えったって！」

武器がない。映画みたいに銃とか言わないから、せめて木刀かバットの一本でもあればいいのに。

〈まわりをよく見ろ〉

まわり？

誘導されるように周囲に目を走らせた。

「これか？」

がっかりした。

「これですかあ～？」

そこに転がっていたのは庭掃除用の竹の箒だった。もうちょっと破壊力のありそうな武器を期待したのだがここは現代の日本であった。

ががた言っている余裕はない。箒を拾った。ゾンビたちはずりずりと足をすりながらオレを囲もうとしつつある。

〈戦え！〉

「ム、ムリですううううう―――――――」

だって見てくれこのキモイ連中を。月明かりの下に浮かび上がるゾンビたちはどいつも揃って極悪な面構えをしていた。自分から向かって行く気はとても起こらない。

最接近したゾンビに箒を一振り。これがいいところだった。あとは……

逃げる！

逃げる逃げる逃げる。走る走る走る。一目散に逃げた。

茂みを突破し、溝を飛び越え、枝をかきわけ、オレは逃げた。

そして出くわした。

「も、杜美さん！」

梢の合間にオレを待つように立っていたのは、ゴシックロリータのあの人だった。

杜美は無表情だった。目だけがパチリと大きく開かれている。慌てているオレを見て驚いているようにも見える。

「ここは危ない」

逃げろ！　とつづけて言うつもりだった。けれど言えなかった。言うかわりに、オレは自分の人生の終わりを認識した。

ものすごい形相でカッと口を開いた杜美がオレの首に噛みついてきた。噛みつかれると同時に、オレは肉食獣にかぶりつかれた草食動物がそうなるように無抵抗で地面に膝をつき、なされるがままに倒れた。ぐしゃっと、自分の肉が噛み砕かれ，喰いちぎられるのを感じた。なぜか痛くはなかった。視界がかすむ。そのかすむ視界に追いついて来たゾンビたちの影が揺らめいた。

……喰われる……。

……喰われるのか、オレは……。

消えゆく意識のなかでまたあの声がした。

〈逃亡力A、胆力E、戦闘力D、状況突破力D……〉

声は最後にこう告げた。

〈不合格〉


カーテン越しにチュンチュンと朝を告げる小鳥のさえずりが聞こえる。

目覚めると、ベッドの隅に腰掛けていた沙羅がこっちを見た。

「おはよう」

薄暗い部屋のなかで沙羅は携帯ゲーム機をいじっていた。オレのではなく、航か誰かのだった。

「それ、誰のゲームだ?」

「航ちゃんから借りた」

思ったとおりの答だった。

「オレ、昨夜いつ寝た?」

頭が冴えてくるとひどい夢を見たことを思い出した。ゾンビに囲まれて、挙げ句に喰われる夢だ。しかも喰らいついたのは杜美だった。

「わかんない。わたし航ちゃんの部屋で遅くまでゲームしていたから。めっちゃハマるよこれ」

「そりゃよかったな」

「何時までやったかな。こっち来たら犬千代はもうぐうぐう寝ていたよ」

「そっか」

なんか記憶があやふやだった。でもこうしてベッドで目が覚めたということは普通に寝たということか。服もパジャマがわりのスウェットに、ちゃんと着替えている。

「お前がゲームをやっている間、オレは超最悪の夢を見ていたよ」

「どんな夢？」

「ゾンビが出て来た」

「こんなやつ？」

沙羅がゲームの画面を見せた。新作ソフトらしきゾンビゲームだった。

「お前がそんなゲームやっているからオレがへんな夢見るんだよ」

「人のせいにしないでよ。勝手にへんな夢見ていたの自分でしょ」

「まあ、その通りだけど」

いやしかし、リアルな夢だった。住人たちの戯言に加え、慣れはしたもののあまり気持ちのいい仕事とはいえない夜の見回りが脳内のどこかで作用したに違いない。こうなってはほしくない、と願っていることがそれを裏切る形でやってくる。典型的なナイトメアだ。

そうとわかれば、いつまでも夢なんぞを引きずっているわけにはいかない。

「カーテン開けるぞ」

「うん」

窓からの光で、部屋はたちまち明るくなった。世界はオレが寝ている間に眩い光に満ちた朝を迎えていた。庭の緑の上に真っ青な空があった。光に溶けるように悪夢の記憶が薄らいでゆく。

ゲームをやっている沙羅を部屋に残し、シェアハウスのラウンジに行く。食堂では杜美を除くみんながお茶を飲んでいた。

「杜美さんは？」

そう訊いたのは、やはりまだどこかで夢のことが頭にあったからだろう。

「もう出かけたわよ」

珊瑚が答えた。

「いつもより早いですね」

「神社でやるお祭りの準備があるんだって。杜美ちゃんになんか用だった？」

「いや、夢に杜美さんが出て来たもんだから」

「なんだよ、また噛みつかれたのか？」

雷が笑って訊いた。

「ピンポンです。がぶっとやられました」

「しょうがねえよ。ゾンビだから」

「はあ」

「航は見たんだよな、杜美がゾンビになるところ」

「うん」

紅茶を飲んでいた航がティーカップを置いて説明を始めた。

「二年前、杜美ちゃんの実家の神社で事故があったんだ」

例大祭の日だった。三百段もあるという参道の階段を神輿が下っているところでその事故は起きた。担ぎ手たちが脚を滑らせて神輿ごと下にいた群衆へと転げ落ちた。そのとき、真下にいたのが巫女として祭事に臨んでいた杜美だった。勢いをつけて落ちて来た神輿の下敷きとなった杜美は、助け出されたときにはすでに心肺が停止していた。

「消防団の人たちが人工呼吸をしたんだけど、蘇生しなくてね」

「でも、息を吹き返したんだろ」

でなければ杜美がここにいるわけがない。

「人工呼吸じゃダメだから、代わりに呪文を唱えて念を送ったんだよ」

「念を……」

誰が、とは聞くまでもなかった。

「あそこの祭り、けっこう有名でさ、わたしと宏大伯父さんと梨紗叔母さんとで見物しに行っていたんだよね」

だから、誰がとか言わなくていいから。

「そうしたら、甦っちゃったわけよ。ゾンビとして」

「…………」

「なんでゾンビになったのかはよくわかんないんだけどさ。たぶん死んでから少し時間が経っていたからだと思うんだ」

「…………」

これ以上でまかせを聞く義務がオレにはあるのだろうか。まあ、黙って頷いておくとするか。

「みんなしてなんの話してんのー」

やって来たのは沙羅だった。手にはまだゲーム機がある。

「航ちゃん、ごめん。結局一晩中借りちゃった」

「いいよまだ持っていて。ほかのソフトもあるよ」

「じゃあ今晩もやらせていただきます」

「ゾンビはクリアしたんでしょ。だったら化けネコ退治でもする？」

「おもしろそう。やるやる！」

沙羅がはしゃいでいると、珊瑚が「ニャア〜ン」と甘えた声を出した。

「珊瑚さん、ネコ好きそうですよね」

昨夜の夢のことには触れずに言ってみた。

「わたしネコだもん」

ニャン♡と珊瑚は両手でネコの真似をした。二十三歳という歳を忘れさせるかわいらしさだった。

その夜、オレはふたたび夢で化けネコに出くわした。

舞台はまたも庭の雑木林だった。

「誰がデブネコですってえ〜?」

小径を歩いていて声のした方を見上げると、月を背中になにかが空から舞い降りて来るところだった。珊瑚だった。

「珊瑚さん?」

そう呼べたのは彼女の身体が空中に浮いている間だけのこと。音もなく地面に着地したとき、珊瑚の形をしていたそれは一瞬にして巨大なネコに姿を変えていた。

「うそ——————っ!」

と叫ぶオレに、ぶんと振りかぶったそいつから強烈なネコパンチが飛んできた。

やられる。

ギュッと目を閉じた瞬間、〈不合格!〉の声が頭蓋の内側に反響した。


「おにいちゃん、沙羅も寝ていい?」

悪夢から還ったとき、横にいたのは「妹」モードに入っている沙羅だった。

「沙羅、いつからいたんだ」

感覚的にまだそう遅い時間ではないはずだった。手を枕元の携帯に伸ばして確かめると午前一時半。夜の見回りをしたのが十一時過ぎ。そこから先の二時間ほどの記憶が曖昧だった。オレはいつの間に自分の部屋に来て寝ていたのだろう。

「沙羅、ゲームやっていたけど、急に眠くなったの」

「化けネコゲームか」

二晩連続のリンクだ。嫌な偶然だった。

「もういいよって言われたからやめた」

「航がか？」

「ちがう人」

いまひとつ要領を得ないが深追いはせずにしておく。沙羅は「妹」モードに入るといつもこんな調子だからだ。

「おいで」

掛け布団をめくって招いてやる。沙羅は「うん」とベッドのなかに入って来た。

悪夢を見たあとだからか、沙羅のぬくもりがいつもよりずっとありがたく感じられた。守るはずが逆に守られているような気分になる。東京に来てからというもの、心なしか沙羅の実体感が強くなってきている。住人たちの霊感力がオレにもなんらかの影響を与えているのかもしれない。

「この家、楽しいか？」

オレの問いに、沙羅はこくんと頷いた。

「沙羅、前に言っていたよな。この家へんだって」

こくん、とまた頷く。

「確かにへんかもな」

返事はない。沙羅は寝息を立てている。
今日はもう悪夢は見ずに済むだろう。なぜかそんな確信だけはするのだった。

妹は幽霊ですが、なにか？

【第9章】 蔵

「は？　いまなんて言ったの」

携帯を耳から三メートルくらい離しても聞こえるような大声で問い返された。

「あ、だからちょっとの間、オレもそっちに住めないかなって」

「なに言ってんの。伯父さんの家って大学から近いんでしょ。なんでわざわざこっちに来なくちゃいけないわけ」

電話の相手は双子のかたわれである波琉である。

「いや、波琉や姉ちゃんがどうしているかなって思ってさ」

「おかげさまで元気ですよ。この声聞けばわかるでしょ」

「碧姉ちゃんは？」

「横にいる。かわる？」

「うん」

バカがこっちに住みたいって言ってるー、と語尾をのばしながら波琉が姉の碧に携帯を手渡す。誰がバカだ。そのバカに触発されたおかげで最高学府に入れたことを忘れたか。

「もしもし」

碧にかわった。

「いま横で聞いていたけど、あんたなにバカなこと言ってんの」

いきなり手厳しい。まあこうでなきゃ碧姉ではない。

「うちは２ＤＫのアパートなんだからね。波琉とわたしが住んでいたらそれでいっぱい。だいたいあんた伯父さんに管理人をするって約束したんでしょ。どういうことなの」

「だから、姉さんたちがどうしているかなって思って」

「だったら顔を見に来ればそれで済むじゃない。一緒に住む必要がどこにあるの？」

「……ないよね、別に」

「犬千代、あんたまさかシェアハウスの人たちと問題起こしたんじゃないでしょうね」

「ないない、そんなことはない」

言えなかった。毎晩の悪夢が嫌で家から逃げ出したいだなんて。

「うちは狭いんだから、会うんだったら外で会うか、じゃなきゃわたしと波琉とでそっちに遊びに行くよ」

「わかった」

「とりあえず元気そうでよかったよ。てゆうか、わたしも波琉もあんたのことなんか忘れていたけどね」

なんつー薄情な連中なんだか。ま、これがオレの家族のなかでの立ち位置だ。

こうしてオレの目論見、「曼荼羅シェアハウス脱出作戦」はミッション開始とともにあえなく頓挫したのであった。

電話を切ったオレは「くそ」と舌打ちし、やけ気味に三桁の電話番号を指でタッチした。

「事件ですか、事故ですか？」

電話に出た１１０番の担当官にオレは正直に告げた。

「あのう、うちにお化けが出るんですけど」

「警察は暇じゃないんだよ！」

ドスのきいた声にびびって「す、すみませんでした!」と通話をやめた。

姉たちには門前払い。警察も頼りにはならない。

さて、どうしたものか。

時刻は五時半、駅前のファストフード店は学校帰りの高校生で賑わっていた。一人で勉強をしているようなやつは誰もいなくて、みんなグループごとに楽しそうにだべっている。

ふう、とオレはこの場に不釣り合いないため息をつく。

あきらめて家に帰るか。だが帰ればまた「異形」との遭遇が待っている。

数えること今日で五日目だった。初日はゾンビに喰われ、二日目は化けネコにぶっとばされ……説明するまでもなかろうが、三日目も、そして四日目となった昨晩も、オレはこの悪夢にうなされては絶体絶命の場面で目を覚ます、ということを繰り返していた。

いい加減、疲れた。この際一日でいいからシェアハウスを離れたい。

いや、もうあそこからは出て行きたい。

だいたい、あれをたんなる「悪夢」で片付けていいものだろうか。毎晩、庭の見回りに出たかと思ったら、わけのわからない魔物に襲われる。そして気が付くとベッドで目覚める。これってなんだかおかしくないか。

これと似たようなことを、オレは最近一度経験している。

航と初めて会った日の、あのゲームショウでのシミュレーションゲームだ。

あのときもシミュレーターのモジュールに入るまでの記憶ははっきりしているが、そのあとのことがよく思い出せなかった。間に唖然とさせられるような出来事があったことだけは感覚が記憶している。あのとき、オレはなにをしていたのか。

このまま手をこまねいているわけにはいかない。

昨日の朝、つまり四日目の朝、オレはシェアハウスの住人たちに悪夢の話をしようとした。なんといっても毎晩「悪夢」に登場するのはほかならぬ住人たちなのである。「この家、出るよ」という航の言葉も気になっていたし、初日の夢で蓮花が言った「テスト」の三文字も引っかかる。ともあれ沙羅に触れることができるほどの霊感の持ち主であるみなさんである。まじめに相談すれば解決の糸口くらいはつかめるだろうと思ったのだ。

相談は、できなかった。

するつもりでラウンジに入って行ったオレは、いまのいままでしようと思っていた話をコロリと忘れてしまった。

普通忘れるか？　言い忘れるような瑣末な話題ではない。自分にとっては深刻な問題だ。ならば夕方、学校から帰ったら相談しよう。そう決めたのだが夕方も朝と同じくコロリと忘れてしまった。いったいどうなってんだか。

しかし幸いにしてまだオレには話す相手が一人いた。

「なあ沙羅、聞いてほしいことっていうか、頼みがあるんだけどさ」

夜、部屋でゲームをしている沙羅にオレは話しかけた。

「なーに」

「このあと見回りに……」

そこまで言ったところで、オレは声が出せなくなった。喋ろうとするのに口があうあうと上下するだけでなにも言葉が出ない。呼吸もできなかった。

「どうしたの？」

沙羅がゲーム機から目をはなしてこっちを見たときには、オレはぜいぜいと息をしていた。

しゃべるなってことか？

不意に恐怖が襲って来た。

「大丈夫？　苦しそうだよ」

「ああ、大丈夫だ」

沙羅がおかしなことを口走ったのはこのときだった。

「なんかねえ、へんなんだよ」

「なにがだ」

「なんか重いんだ」

「ゲームの話か？」

「わたしの話。重いっていうか、自由がきかない感じなの。縛られているって言えばいいかな」

「縛られている？」

「ほーらきた」

沙羅は言うと、目を瞑って口を一文字に結んだ。

「……はあっ！」

強く息を吐くとともに両目を開いて宙を睨む。なにかと戦っているような真剣な目だった。

「わかったわよ。話さないわよ。だからもう来ないでよ。ゲームをしていればいいんでしょ。言われなくてもするよ。だっておもしろいもん」

「だ、誰と話しているんだ」

オレの質問には答えず、沙羅は宙に向かって「来ないで！」と叫んだ。ひゅうっとなにかの気配が遠ざかるのがオレにも感じられた。

こんな感じで、オレも沙羅もなにかを言おうとしながら相手に伝えることができずに終わってしまった。

不気味だった。

考えると、原因は「家」にあるのではないかと思えた。

この家、なんか祟られているのかもしれない。伯父さんや伯母さんがわけのわからぬ呪術の秘儀を繰り返しているうちに悪いものを呼び寄せてしまったのではないか。

となれば「逃げる」に限る。なんせオレはその種のリアルなオカルトが大キライなのだ。逃げないまでも見回りを中止する。これくらいは許されるだろう。

なのにこの四日目の晩も、オレは自分の意志に反してまたも庭に出ることになった。

なかば身体が操られている感じだった。

登場したのは初日同様、珊瑚＝化けネコ、雷＝毘沙門天、蓮花＝デーモン、杜美＝ゾンビだった。

さすがに四度目とあって、オレの方もただびびっていただけではなかった。びびりつつもオレは異形どもに啖呵を切った。

「お前ら、なにもうちの住人に化けなくてもいいだろが！」

するとと蓮花から化けたデーモンがこう言った。

「このままじゃ管理人失格よ！」

「管理人失格だって？　オレにどうしろっていうんだよ」

「勇気を見せることね」

「勇気？」

やけくそになったオレは答えた。

「自慢じゃないけど、勇気なんてものはオレには欠片もないぜ」

「……最低」

「もういいよ。こいつにゃ誇りってもんがないんだ」

「誇りなんかあったって邪魔なだけだ！」

毘沙門天にはこう言い返した。

なまじそんなものを持っているとそれが傷ついたときが辛い。だったら誇りなんか最初から持たないに限る。負け犬人生で培ってきたオレなりの哲学だった。

「どうもこの人だけじゃ無理みたいねえ」

化けネコには半人前扱いされた。

「んあ〜」

青白い顔のゾンビがたどたどしく言葉をつないだ。

「こ…の人には……助け……が……いりま……す……」

「そうだな」

毘沙門天が頷いた。

「このままじゃ埒が明かないし、助っ人解禁といくか。なあ、それでいこうよ」

オレの与り知らぬところで異形たちはなにごとか決めている。リアルの住人たちと同じで本当に勝手な化け物どもだ。

「じゃ、今日はおしまい♡」

そこまでだった。デーモンがぐわっと口を開き、オレを呑み込んだ。

〈不合格〉

声がした。

〈……まであと一回〉

まだあと一回あるらしい。

その一回がイヤだった。もうあんなこわい思いは一度たりともしたくはない。

やはり今晩も起きるのだろうか。

オレはファストフード店を出ると、並木道を公園へ、つまりシェアハウスの方へと歩いた。日はまだ沈んでいない。夕方の緑道には犬の散歩をする人の姿が目立った。

大学では、話すやつは何人かいるけれど、まだ友だちらしい友だちはできていない。サークルにも入っていない。このままじゃ置いてけぼりを喰らってしまいそうだ。だが、なにもする気が起こらないのだ。

シェアハウスの問題を片付けない限り、大学生としてのオレの生活は始まらない気がする。

今日一日で終わるのならば、耐えるべきか。

めでたく「不合格」とやらになって、また気味の悪い「異形」の餌食となるか。

別に本当に殺されるわけじゃないしな。せいぜい「管理人失格」だろ。

『曼荼羅シェアハウス』へとつづく路地が延びている角まで来た。ここには並木のなかでもひときわ幹の太いソメイヨシノの老木が生えている。

その老木のたもとにあるベンチに、クリーム色のカーディガンにスカートという制服姿の女の子が座っていた。

危うく恋に落ちそうになった。

しかしこれが「妹」であることは二度目だからすぐに気付いた。

「どうしたんだ、こんなところで」

尋ねるオレに、沙羅は「待ってた」と答えた。

「航は?」

「今日は航ちゃんじゃなくて蓮花ちゃんの学校に行っていた」

ここのところ沙羅は航か蓮花の学校について行くのが日課だった。

「公園でも散歩しない?」

「いいな」

シェアハウスに直帰したい気分ではなかったのでちょうどよかった。オレたちは少し先にある入口から公園内に入り、遊歩道を道なりに歩いた。公園を歩くのは初めてだった。

「知らないとこ歩いているとなんだかデートみたいだね」

オレも感じていた感想を沙羅も洩らした。照れくさいので同意するかわりに訊いた。

「なんで先に帰らずに待っていたんだ」

「なんとなくね。家に帰ったら昨日みたいに話せなくなるような感じがしたから」

今日だって、と沙羅は言葉をつないだ。

「すんなり帰ってしまいそうなところを、帰っちゃダメだって自分に強く言い聞かせてあの角で立ち止まったんだよ」

「まるで自分の意志とは別のなにかに操られているみたいな言い方だな」

「そんな感じがするんだもん」

「実はオレもだよ。こないだ話しただろう。ゾンビが出てくる夢を見たって」

「言ってたね」

「あれから話していなかったけど、毎晩なんだよ。毎晩同じような夢を見るんだ。それが夢かどうかもあやしい。もしかしたら本当に起きていることかもしれないんだ」

家の中と違い、ここでは忘れることも声が出なくなることもなかった。毎晩、住人たちの姿を借りて襲ってくる異形の者たちのこと。悪夢かとおもいきやそうとも断定できぬ奇妙なリアル感。ほかの住人たちは出てくるのに、なぜか航だけは登場しないこと。そして謎の声について、オレは沙羅に話して聞かせた。

「化けネコとかデーモンって、わたしのやっているゲームじゃない」

「オレは悪夢だか悪夢に限りなく近い現実。沙羅はゲーム。どうなってんだかな」

遊歩道は新緑の木立の間をゆるやかにカーブしながらつづいていた。この林の奥に『曼荼羅シェアハウス』もあるはずだった。

二人とも言葉がないまま数歩進んだところで、沙羅が「もしかしたら」と口を開いた。

「わたしが航ちゃんの部屋でゲームをやっている時間と重なるんじゃないの、犬千代が夢を見ている時間って」

「いまオレもそんなふうに考えていたよ」

「戦えって言ったの？　そのへんな声が」

「そうだよ。世の中のなによりも争いごとが嫌いなオレにさ。あんな怪物どもと戦うくらいなら管理人失格の方がまだましだぜ」

「不合格ってことは、それって試験なんじゃないの。たとえば管理人としてのとか」

「そういや、Aとか D とか、いちいち採点結果みたいなことも言うんだよ」

「どう考えてもテストじゃない。管理人失格になったらどうなるわけ?」

あらためて問われると、オレ自身「?」だった。

「さあ、どうなるんだろうな」

そういや、昨夜は〈……まであと一回〉なんて言われたな。よく聞き取れなかったのだけれど、〈……まで〉の「まで」の前の部分が気にかかる。「クビ」とか「解雇」とか、ひょっとしたらそう言っていたのかもしれない。

「シェアハウスを追い出されるんじゃない」

「伯父さんたちがそう言わない限り、オレをクビになんかできないはずだけどな。それともこの悪夢は伯父さんたちが見せているっていうのか。ありえないだろ」

話しながら歩いているうちに、雑木林を抜けてゴルフ場みたいな段丘のある芝の広場に出ていた。いまは太陽が向こうの林の陰に隠れてしまっているのでどこにも日は当たっていないが、よく晴れた日に寝転がりでもすればさぞや気持ちのいい場所だろう。

「戦って、出て来る魔物たちを蹴散らすしかないんじゃないの」

こいつならそう言うんじゃないかと思っていたことをやっぱり言ってきた。

「わたし思うんだよ。これは伯父さんたちの仕業じゃない気がする。伯父さんも伯母さんもなにか理由は知っているかもしれないけど、少なくとも直接手は下していない」

「じゃあ、誰が？」

「なんかあの家、航ちゃんたちのほかにもう一人いる感じなんだよね」

「誰かが家の中にいるっていうのか」

「姿は見えないんだけど、絶対にいる。そいつがわたしたちを操っている気がするんだよ」

話がまたオレの苦手とする方向に進み出した。しかしここで逃げてはいけない。

「だってへんじゃない。犬千代のピンチにわたしが気が付かないだなんて」

そうだった。小学生のときも中学生のときも、昔から沙羅はオレが危機一髪の事態に見舞われると、たとえ離れた場所にいてもそれを察知して駆けつけ、火事場の馬鹿力としか思えないような力で救ってくれてきたのだ。

それが今回に限っては登場しない。

「わたしをゲームに夢中にさせておいて、犬千代には一人で行かせる。そいつがそう仕組んでいるんじゃないのかな」

沙羅の勘は当たっていそうだった。となると……

「航はどうなる。お前にゲーム機やソフトを貸しているのは航じゃないか。だいたいそのゲームソフト、なにげに聞いていたけどどこのメーカーのなんてゲームなんだよ」

「えーと、確かユーレイなんとかって」

「ユーレイ&セオンか」

「そう、それ」

偶然だろうか。今回の件と航はどこまで関わっているのか。航に会って問い質してみたい。だけどシェアハウスの中ではまた「忘れて」しまいそうだ。こうやってひとつひとつ思い当たるところを拾い上げていくと、やはり何者かの作為が感じられる。

「犬千代、今日はわたし犬千代から絶対に離れないよ。ゲームはやらない。見回りにも一緒に行く」

「そううまくいくかな」

「気持ちを強く持つ。きっとなんとかなるよ。幽霊を舐めんなっつーの」

苦笑いして俯くオレに、沙羅は「あーごめん」と謝った。

「わたしは幽霊じゃないんだよね。肉体を持たない魂だけの存在なんだよね」

「そうだよ。お前は死んだけれど死んじゃいないんだ」

だって、こうやって存在しているんだから。

「でも、なんで魂だけ残ったのかなー」

「まさか祈祷のせいじゃないだろうな」

「祈祷？」

「ああ。ついこの間だけど、航と話していて思い出したんだ。オレもお前もすごく小さなときに伯父さんや伯母さんの祈祷を受けたことがあるってな」

沙羅の葬式に東京からやって来た「親戚」。思えばあれは宏大伯父さんと梨紗伯母さんだった。病院で、葬儀の場で、あの人たちはオレや沙羅に向かってなにかを唱えた。

「祈祷を受けるとどうなるわけ？　死なずに魂だけ残るの？」

「そういうこともあるかもなってこと。航や杜美さんも伯父さんたちの祈祷を受けたことがあるらしいぞ」

航はともかくとして、杜美に関しては沙羅と共通していることがひとつある。

死んでいた、という点だ。

最初の悪夢から目覚めた朝、航が言っていた祭りでの事故のときの話を、オレは「でまかせ」だと受け流した。でも笑い飛ばして済むことではなかったのかもしれない。

もしもだ。もしもこういうことがあるとするならばの話だ。

宏大伯父さんか梨紗伯母さんかが、あるいは二人とも祈祷によって死んだ者を甦らせる力を持っているとするならば、杜美の件も沙羅の件も説明がつく。違うのは、肉体が残ったか残っていないかだけだ。

「犬千代、今日は戦おうよ」

沙羅は話を戻した。

「その化け物たち、強いの？　一度でもちゃんと戦った？」

「いや、身を守るためにゾンビを突き飛ばしたりチビ悪魔を手で払ったりとかはしたけれど戦ってはいない」

「今日は武器でも持って行けばいいじゃない」

「武器ったって……」

なんとなくだが刃物を持ったりはしたくなかった。といって剣道の竹刀などは実家に置いたままだ。

「航ちゃんになんかアイテム借りる？」

「ぶっこわしたら殺される」

「とにかく二人でがんばろうよ。もし追い出されることになったらイヤだもん。わたし、みんなと離れたくないし」

そのとおりだ。大切なことを忘れていた。

『曼荼羅シェアハウス』を出たら、沙羅はせっかくできた友だちを失うことになる。

沙羅のためにも戦わなければ。なんとしても試験に「合格」せねばならない。

「まあ、ケガでもしたらあそこに行きゃあいいんだよな」

オレのぼやきに沙羅が「あそこって？」と訊いた。

「病院だよ。見えるだろう。あっちの林の向こうに頭出している建物」

遠くにあるそれは、宏大伯父さんが経営権を持つ病院だった。家とは公園を挟んで反対側にあると聞いていたので、たぶんあれがそうだ。

「……沙羅？」

声がないので横を向くと、沙羅がいつになくかたい表情で病院を見つめていた。

余計なことを言ってしまったかもしれない。沙羅の死亡が確認されたのは搬送先の病院だった。こいつにとって病院という場所はあまり縁起のいいものではない。

沈黙が流れた。

沙羅が「武器か」と呟いた。

「さがせばバットくらい家にあるかもよ」

その言葉で、オレはあることを思い出した。

「そうだ。伯父さんの絵葉書！」

「絵葉書がどうしたの」

「こんなことが書いてあったんだよ」

＊　　　　＊

そろそろ何事か起きる頃だ。

管理道具は蔵の中にあるからな。

まちがってケガでもしたらうちの病院に行け。

＊　　　　＊

「管理道具？」

「ああ、どうせ掃除の道具のことでも言っているんだろうと気に留めずにいたんだけど」

だが、前の一行と連動させて考えてみると、これは「起きる」「何事か」に対応する言葉とも読み取れる。やはり伯父さんはこの一件についてなにかを知っている。これはオレに対するメッセージでありヒントだったのだ。この場合、そう考えるのが筋だろう。

最後の一行にしても、「何事か」によって「ケガ」をする可能性があるのならば、それは夢ではなく現実を示唆していると読み取れる。

なんか、見えてきた気がするぞ。

「犬千代、蔵に行ってみようよ」

「うん」

蔵はまだ場所を確かめただけで中を覗いて見たことはない。なにがあるのかちゃんと見てはいない。

公園内はだいぶ暗くなっていた。それと対比するように空が夕暮れに染まっている。高いところで綿菓子みたいな雲が優しいピンク色になっていた。背後の林の上には月があった。やけにでかく見える満月だった。

広場にいるのは、オレと沙羅と、あとはランナーが一人と、犬を連れた人が二組。東京はどこもかしこももっとごちゃごちゃしている町だと思っていたけれど、人が住むところは案外静かだし、こんな場所もあるのだ。

いい町じゃないか。

ここで、この町で沙羅と暮らしていくためにも今晩が勝負だ。

もちろん、できれば戦いたくなんかないが。

なにかいい手はないものか。


シェアハウスに戻っても、幸いにしてオレの記憶は正常だった。沙羅が妙な力に邪魔されることもなかった。

「このことだったのかな」

一人言のように呟くオレに沙羅が「なにが」と訊いた。

「昨夜、化け物どもが言っていたんだよ。オレ一人じゃ無理だ、こいつには助けがいるから助っ人を解禁するって」

「助っ人って、わたしのこと？」

「ああ、そうじゃないかと思う。だとしたら、半分は罠かもな」

「いいじゃない。罠なら罠で進んで飛び込んでみるってのも」

どうもこいつは毎晩のゲーム漬けですっかりＲＰＧの勇者みたいな気質になっているようだった。

さっそく蔵に入ってみた。照明は壁のコントロールパネルで操作できた。暖色系のＬＥＤで照らされたそこを見た瞬間、オレは「ほえ？」と間抜けな声をあげた。

「バーか？」

そこにあったのは、分厚い一枚板のカウンターとスツールからなる吹き抜けの空間だった。

埃っぽい暗がりに行李や古臭い茶箪笥が並んでいるところを想像していたオレは、その洒落た雰囲気に拍子抜けしてしまった。

カウンターの内側にはちゃんと流しも調理台も冷蔵庫もある。

壁の棚には洋酒やグラスが並んでいる。奥にはビリヤード台。

ガラス扉のキャビネットにはチェスやバッグギャモンなどのボードゲーム類が飾るようにしまってあった。

「すごいね。隠れ家バーみたい」

みたいもなにも、そのものだ。

「でも、管理道具なんてどこにあるんだ」

洒落た空間は目を楽しませてくれたが、さがしてもお目当ての物が見当たらない。

「まさかこれを振ると魔法がかかるとか？　へっ、んなことあるわけないな」

オレは手に取った細長いミキシングスプーンをくるくる回しながらぼやいた。

「なにぶつぶつ言ってんのよ」

カウンターの奥を調べていた沙羅がこっちを向いていた。

「しゃがんで、そこを開けてみたら」

「へ？」

足もとを見た。すると、そこに床扉があった。

「なんだこれは」

「入ってみればわかるでしょ。犬千代もおいで」

つかつかと寄って来た沙羅は、オレを押しのけ床扉の上に立つと、すう一っと沈んでその中に姿を消した。

「お、おい沙羅っ！」

扉をスライドさせると地下へとつづく階段があった。オレは沙羅を追った。下った先には十畳ほどの広めの部屋があった。

見た瞬間、「ここだ」と直感した。

「なんかここ、航ちゃんの部屋みたい」

先に中に入っていた沙羅が言った。

「オレもそう思った」

実際似ていた。部屋中に溢れる物、物、物。作業テーブルにミシン、時代がかった衣服やいろんな国の民族衣装、使用意図不明な布切れや、農具や武具などの道具類、木彫りの人形、模様の入った石ころ、乾燥した木の実などなど、おそらくは呪術に関係する物が雑然と並んでいる。

「見て」

沙羅が作業テーブルの上にあるメモ書きを指さした。

＊　＊

犬千代君へ
管理道具選びはインスピレーションよ！

恋も一緒♡　　　　　　　　梨紗

＊　　　＊

「ひゅう、伯母さんいいこと言う」

「恋はインスピレーションか……」

「そこじゃないでしょ、いまは！」

沙羅の言うとおりだった。

「梨紗伯母さん、オレがこのタイミングでここに来るってわかっていたんだな」

やはり伯父さんと伯母さんは一枚噛んでいる。もう間違いない。

「どれにする？」

「そうだな……」

部屋を満たす物たちのなかには剣や槍といった銃刀法に抵触しそうな本物の武器もあった。だけど、どうしたものか手をのばす気が起きない。

「うーん」

部屋の中をうろつき回っていると、ひとつだけ周囲の物にそぐわないてかてかした光沢を放つ物体を見つけた。

「なんでこれがここにあるんだよ」

運命的で作為的、罠かもしれないけれど、この場面でこれに出くわすということはつまりこれを使えということなのだろう、となかば諦念のなかでオレはそれを手に取った。

「コントーラー」を。

「犬千代、それなに？」

「ゲームのコントローラーだよ」

あの、ゲームショウのシミュレーションゲームのものと同じコントローラーだった。航の父親が開発者の一人だということを考えれば、ここにあったとしても不思議ではない。

「そんなんで役に立つの。大きさバナナと変わらないじゃん」

「こいつはプレイが始まると弓にも剣にもなるんだよ」

「ふーん。で、インスピレーションは？」

「感じた」

コントローラーはもう一個、床に転がっていた。

「沙羅、お前これ持てるか？」

「こっちに放って」

拾って沙羅に投げてみる。

「よっと」

宙を舞ったコントローラーは、運動によって重みが増しただろうに、沙羅の手にすぽっと収まった。

「沙羅、お前この家に来てなんだかパワーアップしているよな」

「そのうちもっと重い物とか持ち上げられるようになったりしてね」

部屋には入って来たものとは別にもうひとつドアがついていた。そっちのドアからは離れにある伯父さんたちのベッドルームにつづく階段が延びていた。

一階に上がって、それから母屋に行ってみた。

もう夜だというのにラウンジには珍しく誰の姿もなかった。

「ひょっとして誰も帰っていないのか」

「そうみたいだね」

「蓮花は先に帰っていたはずだろう」

「今日は仕事はないはずだけど」

念のため、みんなの部屋をノックしたが誰も出て来なかった。

「うーん、せめて航とは話がしたいんだけどな」

連絡を取るにも、オレは誰の電話番号もメールアドレスも知らなかった。

夕食は焼きそばを作って簡単に済ませた。

食事のあとはソファーに座ってテレビを観ながら誰かが帰って来るのを待った。

しかし、八時、九時、十時となっても誰も帰って来ない。

「どうなってんだ?」

時計の針はもう十一時近かった。成人である珊瑚や雷、杜美はともかく、航や蓮花は制服姿のままのはずだ。まして蓮花はアイドルだ。こんな時間までそんな格好でほっつき歩いていていいものなのか。

「みんな気を遣ってくれているのかもよ」

並んで腰掛けていた沙羅が顔を寄せてきた。

「わたしと犬千代を二人きりにしてあげようって」

ドキッという心臓の音が聞こえた気がした。

「な、なに言っているんだ」

「冗談だよーん」

へへっと沙羅は舌を出した。

やばいやばい、制服を着ているときの沙羅は理屈ぬきでやばい。ゲームショウでのあの超勘違いがいまだに尾を引いているのか、ちょっとした仕草ひとつでどぎまぎしてしまう。オレはシスコンじゃないっつーのに。

それにしたってこいつ、どっからこういう冗談が出てくるのか。

しかもこんなときに。

女ってのはよくわからない。

だいたいこいつ、ブラコンとかシスコンとか絶対ヤだとか言っているくせに、それを裏切るような態度をしばしばとるのはいったいなぜなんだ。

「妹」モードのときは別人格と考えるとして、それにしてもこいつのオレに対する接し方ときたら、まるで……。

ちっ……だからオレもつられてそうなってしまうのだ。ついうっかり、「妹」じゃなくて「女の子」としてこいつを見ちまうんだ。

「なに難しい顔してんのよ」

沙羅の指がオレの頬をつついた。

「難しい顔しているか、オレ？」

「さっきからずっとね」

「わりィ」

そっか。冗談で緊張を解そうとしてくれたわけか。

「そろそろ時間じゃないの」

「よし、行くとするか」

努めて気楽な調子で答えた。コントローラーを握り、玄関から外に出て、家のまわりをぐるりと回った。庭に出て、桜の木に向かって歩く。

「この辺はまだいいんだよ。出るのはあの林の中だ」

五回目ともなれば慣れたものだ。

「こわがりの犬千代がよく毎晩一人で歩けたね」

「オレもそう思う」

もっとも、いくら行きたくないと願ったところできっと歩いていたことだろう。ほとんどプログラミングされているようなものだ。

目の前に雑木林が迫って来る。

「おー、なんか出そー。肝試しみたいだね～」

「肝試しじゃなくて本番だよ本番」

さあ、今日はなにが出て来るんだか。

「犬千代、これ夢なんかじゃないよ。だってわたしたち本当に外歩いているもん」

「そうだよな」

「きっとここでひどい目に遭って、呆然自失状態で部屋に帰って来てバタンキューって感じなんじゃないの」

「まるで酔っぱらいだな」

「それがいちばんわかりやすいじゃん」

当たらずとも遠からずといったところだろう。

小径を歩いて林に入った。道を塞ぐように竹箒が転がっていた。

「この箒は？」

「オレが振り回してそのままになっているんだろう」

邪魔なので腰をかがめて箒を道の端に寄せた。

「沙羅……？」

一瞬だった。顔を上げたとき、そこにはもう沙羅の姿はなかった。

妹は幽霊ですが、
なにか？

【第10章】　決戦

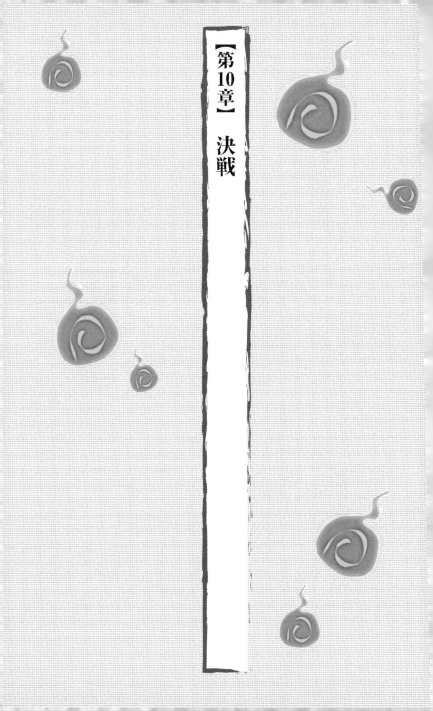

油断していた。辺りを見回しても沙羅はいなかった。オレは肩をすくめた。

「はいはい、一人でやれってことね」

慌ててもどうしようもないことはわかっていた。いくらチキンのオレでも毎晩こんな目に遭っていればいちいち叫んだりはしない。

もしかしたら、沙羅から見ると消えたのは自分でなくオレかもしれない。そんなことを想像する余裕もあった。

「おい、〈声〉!」

闇夜のどこからかオレを見ているであろう「声」に向かって呼びかけた。

「沙羅には妙なことすんなよ!」

返事はない。でもきっと聞こえているはずだ。

「これって、絶対に異次元かなんかだよな」

後方を見て呟く。灯してあるはずのラウンジの明かりが見えない。見えるのは闇だけだ。

昨夜も一昨日の晩もそうだった。ゲームがオーバーするまではけっして帰してもらえない。

それがこの「試験」のお約束なのだ。

あーあ、今日は沙羅が一緒だからなんとかなると思ったんだけどな。

消すくらいなら二人分のコントローラーとか用意しとくなよ。期待持たせやがって。

「いつでも出て来てちょうだいな。オレはここにいますよん」

びびりつつもやけくそで前に進んだ。過去四日間の経験からすると、そろそろ最初の一匹だか一体だかが出て来るはずだった。

ところが今日は一体ではなかった。

「う、うそ……」

道の先に、百体ほど黒い影が待ち構えていた。

「ちょっと多くね？」

黒い影たちは武装している。槍やら弓やらを持っている。どっかで見たようなシルエットだった。

影たちは、ザン、ザン、ザン、と林の中を横隊を為して前進して来た。この組織的な動き、ゾンビやチビ悪魔に比べるとだいぶ手強そうだ。

オレは小径の真ん中に仁王立ちしてそいつらを待った。

黒い鎧に、あばただらけで赤く光っていなければどれが目だかわからないような醜い顔。不必要に横に尖った耳。ダークファンタジーの世界じゃお馴染みのゴブリン君たちだ。てかオレ、最近君たちにどこかで会った気がするんですけどね。

ぐっとコントローラーを握りしめた。

ゴブリンたちが接近して来る。醜悪な顔がよく見える場所まで来たところで横隊は行進を止めた。と同時に全員が腰を落とし槍を構えた。

「ちょっと待ったあ！」

オレの声に、突っ込んで来ようとしていたゴブリンたちの動きがぴたりと止まった。

よし！

「ボス出て来いボス。ボスはいないのか！」

息をつかずにつづけた。

「話しあおうじゃないか。どうよ？」

ゴブリンたちからは返事がない。だが動きもない。

「わかってんだよ。これがオレを試すゲームだってことは。ぐだぐだ回りくどいことやっていないでガチで話し合おうじゃないか。こっちには聞きたいことがいっぱいあるんだ。人を驚かしてEだのDだの言っている暇があったらマニュアルのひとつも寄越したらどうだ。管理人としてなにをしてほしいのか、それくらい教えてくれたっていいじゃないか」

反応はない。

「オレは伯父さんに頼まれてここに来ただけなんだ。別に試験を受けに来たわけじゃない。なのにお前らと来たら毎晩毎晩鬼ごっこにつきあわせやがって、おかげでこっちは疲れて授業どころじゃないんだ。オレの大学生活をどうしてくれる。間違って留年なんかしたら親にも迷惑をかけるだろう。うちの大学はなあ、授業料が高いんだ！」

せこい話だが少しは効いているかもしれない。ゴブリンたちは槍を構えたままだった。

「どうすればいいのか教えてくれればちゃんとやるぞ。やってみせるぞ。いまどき働きながら学ぼうってんだからたいしたもんだろうが。おまけにこっちゃ妹の面倒まで見てんだ」

最後のは言っている自分でも「逆じゃね」とツッコミたくなったが言葉の綾ということで許されよう。

「ようよう、どうよ？　話しあおうじゃないの。あん？」

黒い兵士たちが互いに顔を見合わせている。戸惑っているようだ。

「ボス呼べよ。お前らじゃ話になんねえよ」

いけるかもしれない。

名付けて「話し合えばなんとかなるかもしれない作戦」。

ラウンジでテレビを観ながら練りに練った作戦だった。腕っ節にてんで自信のないオレははったりの弁舌でこの場を切り抜けようと考えたのだ。

威勢のいいことを言っているが、むろん内心ではびびりまくりである。

だって、あんなのと戦えませんってば。

一体だっておそろしいのに百体もいるんですよ。ムリ。絶対ムリ。

「だから出て来いよ。どうなんだよ！」

少しでも間を置いたらおしまいだ。オレはひたすらまくしたてた。

「おい、ゴブリンども。お前らのボスはどこにいるんだ。出て来いや」

とはいっても、もともと弁の立つ方ではない。語彙不足でだんだん同じ言葉を繰り返すだけになってきた。

「出て来い、出て来い。ついでに珊瑚さんの顔した化けネコ出て来い。雷そっくりの毘沙門天もだ。蓮花もどきの悪魔も杜美さんのふりしたゾンビも出てきやがれ！　それといつもオレに〈不合格〉とか言うやつ。お前も出て来い。姿を見せないのは卑怯だぞ！」

叫んでいるうちにマジむかっぱらが立ってきた。

だいたいオレはなにも悪いことをしていないじゃないか。

オレは伯父さんたちに頼まれてここに来ただけなんだ。

オレはただ大学に通って、勉強したり、青春したり、恋をしたりしたいだけなんだ。

それが、なんでこんな目に遭わなきゃいけないんだ。

あんまりじゃないか。理不尽じゃないか。アンフェアだ。卑怯だ。

「卑怯だぞ卑怯だぞ卑怯だぞ卑怯だぞ！　卑怯だぞおおおおおおおおおお————————っ！！！！」

ふっと沈黙が訪れた。息が切れたオレはもう声を出すことができなくなった。

静寂が辺りを包んだ。

〈弱い犬ほどよく吠える〉

は？

声に問い返す間もなく、ゴブリンたちがオレに向かって駆け出した。槍を投げつけて来た。

「わああああああ————————っ！」

なんのことはない、いつもの夜の再現だった。オレは反転し、全速力で逃げ出した。

「ちくしょお————！『話し合えばなんとかなるかもしれない作戦』もダメかーっ！」

〈ダメに決まっておろうが阿呆！〉

声が答えた。

〈この家をなんだと思っている。蝟集せし邪悪の権化どもを寄せつけぬ力なき者に主を任せるわけにはいかぬ〉

「ああ、あなたはいったいなんなんですかああ————！」

ぶんぶんと背後から飛んで来る槍から逃げつつ訊き返す。

〈お前には戦う勇気がないのか〉

「ないない、そんなもんなーい！　あなたとも戦いません。だから許してください」

〈いいや許さん！〉

「なんでですか～！　全面降伏しているんですよ。四日連続で喰われてあげたじゃないですか。それでもダメなの？　なんでえ～！」

〈お前の邪な考えが気に喰わん！〉

「邪な考えってなんですか」

〈なにが、邪魔者を排除してかわいい彼女をつくってやる、だ〉

「え、聞いていたの？」

〈聞いておったわバカめが〉

「盗み聞きなんてひどいですよ～。てかオレ、ぴちぴちの十八歳男子ですよー。彼女をつくってなにが悪いんですか。正しい欲望ですよ。間違っていませんよ！」

〈かわいい彼女をつくる？　それが伴侶のいる男の言葉か！〉

「はあっ？」

〈貴様のような浮気者にこの聖なる館の主を任せられると思うか。たわけが！〉

「ちょ、ちょ、ちょ、待ってください」

〈いいや待たない。ゴブリンのエサとなるがいい〉

「待って待って！　いま伴侶のいる男って言いましたよね？　オレには伴侶なんかいませ

んよ――――!」

〈毎晩一緒に寝ている女がいるだろう〉

「うっ」

〈いるだろう!〉

「ままま待って、あれは違うんです。あれはいも、いも、いも、妹です!」

〈妹だろうがなんだろうが伴侶には変わらん!〉

「なんすかそれ?」

〈自分の気持ちに嘘をつくな!〉

「ちょっと、勝手に決めつけないでくださいよー!」

〈お前は、あんなかわいい恋人がいながら浮気をしようというのか。二股をかけようというのか〉

「違いますううう。あれは妹でおまけに……」

言いたくないが言おう。

「あいつは幽霊なんです!」

〈だからどうした?〉

「へ?」

〈互いを想う気持ちに、そんなことは関係ない〉

「だって……」

〈だってなんだ。言ってみろ〉

くっ、苦しい。全力疾走がつづいて肉体も苦しいが心も苦しい。

〈そうやっていつまで逃げている気だ。おちゃらけていないで素直に向き合ったらどうだ〉

「おちゃらけてなんか……」

〈いるだろう！〉

こわ。

〈お前は誰がいちばん大切なんだ。誰が好きなんだ。言ってみろ〉

「オレは……」

なんでここでこんな話題になるんだ。答えれば解放してくれるっていうのか。違うだろ。

「そ、それを言ってどうなるっていうんだ」

〈お前は気付いていないのか。自分たちが放っている気を〉

「気？」

〈気だ。恋人同士が放っている気のことだ！　家中に充満しているではないか〉

「あ、あんた、いったいなんなんだ！」

自分ですら触れまいとしている箱の蓋を、この〈声〉は開けようとしている。中にあるのは気持ちだ。オレの「本当の気持ち」だ。

しかし、それを確かめてしまったらオレは……。

オレは、どうすればいいいんだよ！

〈お前が言えぬのなら代わりに恋人にお前の気持ちを伝えてやろう〉

「待ってくれ」

くそ。

「沙羅には……オレが言う。よけいなことすんな！」

〈よかろう。もうこれ以上は逃げられんぞ。正面から向き合うのだな〉

女の声が遠ざかった。オレは足を止めた。

まぶたを閉じる。

わかったよ。ゴブリンどもと戦うよ。戦えばいいんだろ。

目を開き決然と背後を振り返った。

そこにゴブリンたちはいなかった。

代わりにいたのは沙羅だった。

青い月の光の下に、妹が立っていた。

「犬千代……」

潤んだ瞳で、沙羅がオレの名を呼んだ。

「沙羅……聞いていたのか」

「お願いがあるの」

「なんだ」

問い返すと、沙羅は恥ずかしそうに俯いた。

「お願いだから、彼女なんかつくらないで」

手が伸びてきて、オレのシャツの胸のあたりをつかんだ。

「妹でいいから、妹のままでいいから、わたしだけを見て」

「沙羅……」

まずい。渡ってはいけない川を渡ってしまいそうだ。

こつん、と胸に沙羅の額が当たった。ぽとり、と手に持っていたコントローラーが地面に落ちた。空いた両手で、オレはなにをすべきなのか。

「お願い……妹でいいから……」

「わかった」

沙羅を抱きしめようとしたそのときだった。

「なーにやってんだ、このシスコン！」

声に、オレはフリーズした。

「妹でいいから？　わかった？　なにそれ。見るならちゃんと一人の女の子として見るべきでしょっ！」

こ、この声は……

「言ったじゃん！　わたしはねえ、別にいつだってオッケーなんだよ。なのに犬千代はいつもわたしのことを妹としてしか見ないでしょ。そこがむかつくんだよね。全然人の気持ちわかっていないっていうかさあ」

「さ……沙羅」

そっと横を見ると、少し離れたところに沙羅が立っていた。

「さ、沙羅が二人？」

「シスコンとかってキモイんだよね。見るならそういうフィルターなしでわたしを見てほしいわけ」

こっちの沙羅は怒っている。

「なんでわからないのかな。この鈍感！」

どど、どうなってんだ、この展開。

「実家から離れて二人きりになるし、今度こそちゃんと兄と妹ってところから離れられると思ったのにさあ」

はあ、と新手の沙羅はため息をついた。

「わたしたちはお互いそのまんまの存在なんだよ。なのに……妹でもオッケーってなにそれ。やばくね？」

「な、なにを言っているんだよ」

だいたいやばいことを言っているのはお前の方じゃないのか。

「いいから、その女から離れなさい浮気者。いまその手でなにしようとしていたのよ」

「浮気者って……」

オレは間近にいるもう一人の沙羅を見た。すると俯いていた沙羅がオレを見あげて、舌をぺろんと出した。

「ばれちゃったー」

「はあっ？」

もう一人の沙羅はぴょんと飛び退くと横にくるりと一回転した。回転し終わったときには沙羅ではなく全身を鎧でまとった戦士に変わっていた。顔は仮面で隠されていた。

「おでましね！」

　残った沙羅が手に持っていたコントローラーを構えてみせた。ブン、と柄から剣がのびた。

「犬千代。どうせ戦いもせずに逃げていたんでしょう」

　この好戦的な姿勢、間違いない。こっちの沙羅が本物だ。

「そっちこそどこにいたんだ？」

「ここまで来るのにいろいろ邪魔が入ったよ。ゾンビとか化けネコとかお寺の門を守っているようなやつとかチビっちゃい悪魔とかね」

「全部集合かよ」

「正体わかったからまいて来たけどね」

「正体？」

「ほら来るよ。伊達に剣道やっていたわけじゃないってとこ見せてあげなよ」

　戦士が威嚇するようにぶんぶんと剣を振っていた。

　オレもコントローラーを拾ってボタンを押した。剣がのびた。

　だがすぐに戦士との戦いにはならなかった。

　オレと沙羅は消えたはずのゴブリンたちに囲まれていた。

「どっかで見たなあ、この光景」

　記憶が甦ってきた。

「あのゲームじゃないかい！」

ゲームでは、ゴブリンたちは見かけ倒しでオレの敵じゃなかった。だとすればこいつらも……

「いっけー！」

先に突っ込んだのは沙羅だった。突き出てくる槍を剣ではじき、返す刀でゴブリンの頭を吹っ飛ばした。さらにもう一度返して隣のゴブリンを腰から叩き斬る。勢いに、真っ二つになったゴブリンがぶっ飛ぶ。横のゴブリンが槍を突き出すが沙羅の方が動きが速い。相手の懐に入り腕をぶった斬る。まわりから槍が繰り出されるが「ゆ○○い」ならではの身軽さで宙を舞う沙羅の敵ではない。

スカートが舞う。くるりと回転しては一匹を肩から撫で斬りにし、ひらりとかわしては一匹を仕留める。沙羅のまわりにはどんどん屍の山が築かれていく。倒れたゴブリンたちはしゅわしゅわと消えてゆく。

「犬千代、弱いよこいつら！」

髪を振り乱し、沙羅が楽しそうにこっちを見た。

「つええ〜」

こいつが肉体付きで生きていたら剣道何十段になっていたことやら。祖父の遺伝か、沙羅には武道の才があるのだ。体操だって金メダル物だろう。思えば日本は逸材を失ったものである。

なんて考えている場合ではなかった。

いくら沙羅だって、こんなにたくさんの敵が相手では疲れてしまう。

オレもいかねば。

「うおおおお――――――――――っ！」

勇を鼓して正面のゴブリンたちに突撃した。のびる槍をはじいて切っ先の内側へと入る。手前のやつに「めーん！」、左のやつに「どおっ！」、後ろのやつにまた「めーん！」。ゴブリンたちはバタバタと倒れ、シュワッと消える。

「いける！」

いやいやつづけていた剣道だけど、人生で初めて役に立ってくれそうだ。

「ありがとう、おじいちゃん！」

苦手な存在だった祖父に感謝した。感謝の印に目の前の化け物どもを五匹切り刻んでやった。

うっひょー、楽しいじゃんこれ。

というか、こいつら幻みたいなもんじゃないか。

こっちが脅えているとリアル感が増すけど、勇気を出して立ち向かえばバーチャル度が増すといった感じだ。

わかったよ。

「これはゲームだ。そしてお前らはやられキャラだ」

ゴブリンたちを指さしてやった。なんかもう、勝ったも同然の気分。リアルの世界じゃ受験以外に成功体験のないオレだけど、バーチャルなら強いぜい。

「喰らえこのおっ！」

パン、パン、パン、パン、パン！　とゴブリンたちを粉砕する。一閃一殺ってなもんだ。

沙羅はもっとすごくて、地面を跳躍しては一度に三体くらいぶっとばしている。残りのゴブリンはもう半分もいない。オレと沙羅は背中を合わせて互いの死角を守る形をとった。

「犬千代っ！　でかいの来たよ！」

ほかのゴブリンたちよりは大きいのが現われた。ふりかぶった手には斧を持っている。

「ボスキャラだ。気を付けろ」

注意を促したときにはもう沙羅は突っ込んでいた。その沙羅めがけて大きいやつが斧を振り下ろす。しかし沙羅の方が速い。斧をかわしたかと思ったら、左の手を伸ばして相手の肩をつかみ、それを軸にバネをきかすように全身を捻り、右手に持っていた剣で相手の首もとをえぐってみせた。この間、ゼロコンマ七秒。

急所を打たれた大ゴブリンはぴたりと動きをとめたかと思うと膝から崩れ落ちた。

残りはもはや敵ではない。オレと沙羅は数分後には「やられキャラ」どもを一掃していた。

〈胆力C……〉

また「声」が戻ってきた。

〈恋人を加えたときの戦闘力……A〉

「言ってやがれ」

もうどうだっていい。

「恋人だろうがなんだろうが、オレと沙羅はいつだって一緒だ」

沙羅が聞いている。だけどかまわない。

「ああ、そうさ。オレは世界でいちばん沙羅が好きだ！　文句あるか！」

視線を感じる。沙羅がオレを見ている。とうとう「川」を渡ってしまった。

オレたちは目を合わせて頷き合った。

残すは沙羅に化けた戦士だった。

戦士は先程から黙って腕を組んでオレたちの戦いぶりを眺めていた。自分の出番が来るのを待っていました、という感じだ。

「ボスぶりやがって……」

エラそうなところも気に入らないが、オレはそれよりも別のことに腹を立てていた。

「お前か、声の主は！」

言ってやった。

「沙羅に化けるだなんて……人の気持ちをもてあそびやがって」

自分がいちばん大切にしているもの。絶対に他人には触れさせたくないもの……。

それをこの「声」の主は、ふざけた仮面野郎は、いちばんやっちゃいけないことをやりやがった。

オレの、沙羅を想う気持ち。

沙羅本人はもちろん、誰にも、自分自身にさえ言わずに、胸の深いところにしまってきた気持ち。

ここにいるラスボス気取りの仮面野郎はそいつを罠にかけて引き出そうとした。

許さん。

〈おお、いい感じだな〉

　声が響く。

〈ボルテージが上がって来ているぞ。昨日までにはなかったことだ〉

　ああ、上がっているとも。ゴブリンども相手にウォーミングアップも完了だ。今宵の犬千代様はただ逃げるだけの負け犬じゃねえぞ。

〈ちなみに、そこにいる戦士はわたしではない〉

「は？」

〈戦士が恋人に化けたのは、踏み出す勇気のないお前にその機会を与えてやるためだ〉

「知ったようなことをべらべらと。人の気持ちにふれるんじゃねえっ！」

〈だいぶ正直になったたな。さっきの告白はいかしていたぞ。真っ直ぐなやつは嫌いではない〉

「ふん」

〈愚直、とも言うがな〉

「よけいなお世話だ！」

　オレは戦士と対峙した。

「犬千代！」

　沙羅が隣に来た。

「オレにやらせてくれ」

　わかっていた。こいつを倒せばきっと「合格」できるのだ。

「一人で大丈夫？　手強いはずだよ」

それもわかっている。でも、これはオレに課せられた試験なのだ。誰が課したかは知らない。人生にはこういうことがあるのだ。試練とか苦難ってやつは望むと望まないとにかかわらず襲ってくるものなんだ。理不尽だろうがアンフェアだろうが、来るものには立ち向かわなきゃいけない。チキンなオレでもそのくらいは理解している。

「ああ、やれるかどうかわからないけどやる。やられたら骨は拾ってくれ」

「無理すんなよ」

言ったのは、沙羅ではなかった。

「出たな」

戦士の背後に毘沙門天が現われた。

「言っただろ。助っ人解禁だってよ。恋人つきで戦ったっていいんだよ、別に」

「そうよ～、恋人と二人で力を合わせて戦ったらいいんじゃない」

反対側の茂みからは化けネコが登場した。オレと沙羅を囲むように、デーモンと杜美タイプのゾンビも出現した。

「おそろいかよ」

いくら沙羅が強くてもこれは分が悪い。が、ここで「声」が響いた。

〈みんなは手出し無用だ〉

「出す気ねえし。さっきだっていやいや攻撃したんだからさ」

そういや、こいつら沙羅と一戦を交えているんだった。

「沙羅ちゃん、強かったよね。わたし危うく羽根斬られそうになっちゃった」

デーモンが蓮花の声で言った。

「わたし……なんか……胸を矢…で……射抜か……れ……」

よく見るとゾンビの胸には矢が刺さっていた。

「ごめんね、杜美さん。脅かすだけのつもりだったんだけど、当たっちゃった」

「……頭でなけ……れば……いいの…です」

「沙羅！」

オレはどうにも訊かずにいられなかった。

「このゾンビは本当に杜美さんなのか？」

「そうだよ、たぶん」

「あっさり言うな」

「わたしも最初はウッソーって思ったけど……ね、本物の杜美さんだよね？」

ゾンビは「んあ〜」と返事をした。

「じゃあ、ほかのこれは？」

「え、みんなでしょ。戦ってみて途中で気が付いたからわたし逃げたんだよ。だってみんなと戦いたくないし」

「あ……ありえねえ。やっぱこれ夢だ、夢なんだ」

〈ええい、がたがたうるさい！〉

声が怒鳴った。

〈ゴブリン相手の立ち回りは悪くはなかった〉

「そりゃどうも」

〈これが最後だ。見事戦士と戦ってみせよ〉

「ああ、戦うさ」

でもな、とオレはつづけた。

「別にテストとやらに合格したくて戦うんじゃないぞ。許せないことをしたから戦うんだ」

沙羅に化けやがって。このタヌキ仮面！

戦士も太刀をかまえた。空いた手でくいっくいっくいっとオレを誘う。

「余裕だな」

たぶん強いんだろう。相当強いんだろう。ものすごく強かったりして。歯が立たなかったりして。もたげてくる弱気をオレはギュッと心のロッカーに押し込めた。

いこう。

「だああ――――――――っ！」

最初の一撃で圧倒してやる。その決意で踏み込んだ。

ガン！　とはじかれた。手に衝撃が走る。ゴブリンの槍とは比べ物にならないリアル感だった。じいいいん、と骨の髄まで痺れた。

この歯応え、初めてじゃない。

ぼんやりと頭に浮かんできたのは、あの城塞都市での戦いのクライマックスの場面だった。

あのときもオレはこいつと戦った。けっこう押していたはずだ。

けれど、最後に不意打ちを喰らう感じでやられちまった気がする。

どんな負け方をしたんだっけか。

「ええい、いまはそんなことはどうでもいい」

突きの姿勢で戦士が飛び込んで来た。

「うおっ」

剣先が頬をかすめた。

「うっ！」

切り返しが速い。オレは反射的に横から襲って来た刃を剣で受けた。

もう一発きた。次もきた。たとえ受けられてもかまわない、連続技で押しまくるといった攻撃だ。

「犬千代、離れて！」

沙羅の声に足が反応した。猛進して来る戦士をサイドにかわす。相手もついてくる。左右上下自在に剣を操りながら、けっして自分は死角を見せない。

やっぱ強い。

でもオレだって。

絶え間なく襲ってくる剣だけど、ギリギリのところでオレには触れることができない。

「見たか！〈逃げの犬千代〉の足さばき！」

本当にもう、この世に逃亡競技なんてものがあったらオレは優勝できるんじゃなかろうか。見切るとまではいかないが、これだけ素早い攻撃をすんでにかわすのだから、もしかしたら運動神経は自分で思っているほどは悪くないのかもしれない。

オレのディフェンスに苛立ってきたらしく、相手は大振りになってきた。ぶんぶんと宙を裂く音がするのはその証拠だ。オレは腰をくの字にし、首をすくめ、「ひゃっ!」という声とともにのけぞり、敵の攻撃をよけつづける。見た目は悪いが当たらなきゃいいのだ。

戦士の剣が空を斬る。一瞬、相手がバランスを崩したのをオレは見逃さなかった。

「はあっ!」

突いた。

「喰らえっ!」

突いて突いて突きまくった。戦士が後退したところで剣を振り下ろす。そのまま指揮棒のように素早く宙に曲線を描く。相手の鎧に剣が当たる。砕けた金属片が空中に舞った。

「沙羅に化けるとはやってくれるじゃないか!」

なあにが「ばれちゃった」だ。さわってはならないものにさわりやがって。

「妹でいいから」だと?

お前にオレの気持ちがわかるか。

わかるか?

ずいぶんと前からだ。オレは無意識の底で問いかけていた。運命とか人生とか、そういうやつに向かって、ずっと問いかけていた。何度も何度も繰り返し、同じことを。なんでオレと沙羅は兄と妹なんだ。

どうしてオレと沙羅は、兄と妹としてこの世に生まれちまったんだ。

でなければ、オレは……。

苦しむ必要なんかなかった。無理をして沙羅を遠ざける必要なんかなかった。

妹じゃ……。

「ダメなんだよっ！」

一撃加える。力を込めて、もう一撃。

絶対に崩すことのできないそれを崩そうと、オレはもがきつづける。

ああ、そうさ。オレと沙羅は兄妹かもしれない。しれないけれど、オレにとっては沙羅は……沙羅は……妹じゃ……。

「ないんだよっ！」

渾身の一撃。だけど。

スカッ。

「へ？」

とらえた、と思った相手の体がなかった。

「くそおっ」

うまいこと飛び退かれてしまった。姿勢を整えたときには、もう戦士との距離は五メートルほど離れていた。

「よけて！」

沙羅の声。そのすぐあとを飛んで来たのは戦士の放った矢だった。

「しまった」

ズシッ、と左肩に衝撃が走った。次いで右股にも。戦士はさらに一矢、動きの止まったオレに向けて弓をしぼった。

おしまいだ。次の矢はおそらく胸を射抜くだろう。

矢が放たれた。真っ直ぐに、オレめがけて飛んでくる。

「ダメエエエ————ッ！」

飛び込んで来て矢をはじき飛ばしたのは沙羅だった。それた矢は横に飛び杜美ゾンビの腹に突き刺さった。

「んあ？」

さすがゾンビ、なんだこりゃ？　って顔はしたもののたいして気にとめていないようだ。

オレの方はといえば、痛みはまだ襲ってこないがショックで棒立ちのままだった。

戦士は次から次へと矢を射ってくるが、すべて沙羅がはじいている。

「ちくしょう、ちくしょう、ちくしょう、よくも犬千代を」

びゅんびゅん飛んで来る矢をものともせず、沙羅は大股で前進してゆく。相手も矢では無理と悟ったか、弓をふたたび剣に変えた。

沙羅と戦士のガチ対決。

端で見ていると、まるで竜巻同士のぶつかりあいだった。

速い。とにかく速い。二人とも目まぐるしく動くうえ、互いに一歩も引かないものだから見ている側も息をつく暇がない。気配で、まわりにいる異形たちも固唾を飲んでバトルを見守っているのがわかる。

ハラハラしながらも、オレは感動していた。

強いなあ、沙羅は。

あいつは、いつもああやってオレのために全力で戦ってきてくれたんだ。

それなのにオレは……オレときたら。

いつも意気地がなくって、根性が足りなくって、そのうえ……ほかの女の子を好きになろうとしたりして……。

オレには、沙羅がいるのに。

沙羅が「妹」なのは、「妹モード」のときだけだ。

普段の沙羅はオレにとって……

「あっ！」

蓮花の声か？　叫びに、オレははっとなった。

視界にあるのは沙羅の姿だけ。戦士が消えた。

いや、違う。

思ったと同時に、身体が動いていた。間に合わないのを承知で地面を蹴った。

「沙羅っ！　上だ！」

沙羅が「えっ」と頭上を見上げる。そこには剣を振り下ろす戦士がいた。

「ぬおおおおっ！」

沙羅をぶった斬らせはしない。

瞬間、ぶん、と空間全体がぶれるような音がした。

気が付くと、オレは沙羅に襲いかかった戦士の剣を受け止めていた。

そのまま地面に落下したオレと戦士はごろごろと転がった。

立ち上がり、戦士と向き合う。が、オレの手には剣がなかった。はずみで落としてしまったのだ。

「犬千代、これっ！」

沙羅が自分の持っていたコントローラーを投げてきた。そこへ戦士の剣が振り下ろされる。

手が、コントローラーを受けた。剣がのびる。のびた剣は戦士の剣がオレを斬るよりも速く、相手の仮面に突き刺さった。

貫いてはいない。

だが強敵のなにかを貫いた手応えはあった。

「オレは……」

剣を引いたオレは、あえて間合いをとった。

戦士がふたたび剣を構える。

「オレは、沙羅とここで暮らす！」

そのためにも。

「負けられないんだ」

オレと戦士と、動いたのは同時だった。

雑木林に金属音が響いた。

くるくると、戦士の剣が宙を舞っていた。

オレの剣は……まだ手にあった。

肩で振り返ったオレの目に、空を仰いでいる相手の姿があった。

パン！　と音がした。仮面が砕けた音だった。

飛び散った破片のいくつかが月光にキラリと光った。
二、三歩、顎を上げたままよろよろと進んだところで、戦士は力尽きたように跪いた。
俯いたその顔が、数秒の沈黙のあとオレの方を向いた。

「あ……」

オレは絶句した。

そこにあったのは……。

「航ちゃん！」

沙羅が呼ぶまでもなく、航の顔だった。

ハアハアと息を乱しながら、航がオレを見つめる。

「なんで……」

こんな簡単な答に気が付かなかったのだろう。ほかの四人がいるのに、航だけがいなかったのだ。それにゲームと同じゴブリンたちが出現したのだ。だとしたら戦士が誰かなんて想像がつくじゃないか。

怒りに身を任せていたオレは、目の前の相手と戦うほかはなにも考えることができないでいた。航だとわかっていれば……。

けれど、まだ怒りは冷めたわけではなかった。

「なんでだよ」

試験はまだいい。それよりも許せないことがあった。

「なんで沙羅に化けたりするんだよっ！」

航は、黙ってオレを見ている。

「コスプレイヤーならなにしたっていいのかよ！」

じっと動かずにいる航は、オレの怒りを受け止めようとしているようだった。

「……ごめん」

辛そうな顔だった。

「やりすぎたね、わたし」

「わかってんだったらなんで！」

動きかけたオレの前に「ちょっと」と沙羅が割って入った。

「航ちゃん、あやまっているじゃない」

わかっている。オレだって本当はあやまっている相手を責めたくはない。でも、自分で自分がコントロールできない。

オレは本気だった。真剣だった。そのオレの心をこいつらは……。

「本当にごめん」

航が膝をついたまま身体をこちらに向けた。そして頭を下げた。

「わたしは犬千代の気持ちを弄んだ。すまなかった」

あやまる相手を見て、なぜだろう、オレはこのとき「あやまるなよ」と思った。

頭を垂れている航の肩はよく見ると震えていた。こんなにきちんと人に頭を下げられたのは、もしかしたら人生で初めてじゃないだろうか。

こんなふうにあやまられたら、オレも怒りを鎮めるしかないじゃないか。

〈わたしからもあやまる〉

「声」が響いた。

〈戦士は協力してくれただけのことだ。あまり責めないでほしい〉

「……わかっているさ」

ただ、どこかにぶつけたかったんだ。絶対に他人には見られたくはなかった気持ちを、こんな形でみんなの前に晒してしまうだなんて。

羞恥と悔恨と憤怒と、そういうものが入り混じって心をひっかきまわした。だけど、考えてみればそれはすべてオレ自身の中で処理すべきものだったのだ。

「犬千代も悪いんだよ」

沙羅がなにを言いたいのかはわかっていた。

「ぐずぐずして、はっきりしないんだもん」

でも、と沙羅はオレの頬に手でふれた。

「好き、って言ってもらえて嬉しかった」

や……やばい。

「なにがだ？」

コホン、とオレは咳をした。

「オレがお前のこと好き？　そんなん当たり前じゃん。それくらいで嬉しがってんじゃねえよ」

ここでようやく異形たちが声を発した。

「ひゅーひゅー、チューしろチュー」

外貌に見合わぬ軽薄なことを言うのは毘沙門天だった。

「いけ、犬！」

「黙れ、この悪魔め！」

見ると、悪魔＝デーモンが縮んでゆく。どこまで縮むかと思ったら人間サイズになって蓮花になった。化けネコも毘沙門天も珊瑚や雷に変わった。杜美のゾンビからは突き刺さった矢が消えていた。

「本当に……みんなだったのか」

見ると、オレに刺さった矢もいつの間にか消えていた。

なんか、もういいやって感じだった。

「ほら、立てよ」

オレは航に近付き手を差しのべた。

立ち上がったときには航は、猛々しい鎧姿ではなくいつも部屋着にしているジャージの上下に身を包んでいた。

航はパンパンと身体についている埃を払うと、オレと沙羅に言った。

「二人ともやるじゃん。強かったよ」

「航もすごかったよ」

「いまのってやっぱりテストだったたんでしょ」

沙羅が聞いた。

「そうだよ。犬千代に管理人の資格があるかどうかの」

「じゃないかと思ってはいたんだ。相手が航ちゃんだってのも半分わかっていたんだけど、けっこう本気出しちゃった」

「いいんだよ。テストはやっぱ本気出さないとね」

「じゃあさ」

確かめたかった。

「じゃあ、毎晩オレのことをテストしていたってわけ？」

しかもこんな大仕掛けで。

「わたしたちはそれぞれ自分たちの力を使ってお手伝いしていただけよ」

珊瑚だった。

「お手伝い？」

「付喪神《つくもがみ》のね」

「どういうことですか」

「この家ね、古いでしょ。実は付喪神なのよ」

「意志を持った神の家なのです」

杜美が補足した。

「じゃあ、家がオレを試していたっていうのか」

「そのとおりです」

杜美の説明はこうだった。

『曼荼羅シェアハウス』はただの古民家ではない。古来よりここは神々の集まる聖地であり、「異形」の者をも養う隠れ家だったというのだ。いつしか家には意志が宿り、付喪神と化した。住まうことが許されるのは「異形」の者と、人間では管理人とその家族だけ。ただし管理人には相応の能力が要求される。聖地がゆえここには邪悪な物も寄って来るからだ。

「宏大さんと梨紗さんは、霊感はそう高くはないけれど祈祷という力がありました。犬千代さんにそれに相応する力があるかどうか、家は試したかったのです」

「あの声の主は、家そのものなのか」

「そういうことです」

なんなんだよ、そりゃ。

「ここ、お化け屋敷だったってこと?」

言ったそばからみんなに「違う!」と否定された。「声」も加わった。

〈お化け屋敷などではない。失敬な!〉

「付喪神さまとお呼びなさい!」

珊瑚に叱られた。

「は、はいっ！」

いつにない珊瑚の剣幕にオレは「つ、つくもがみ様……」と復唱した。

それよか、まずは確かめたいことがあった。

「じゃ、じゃあさ。みんなが化け物になったのは、家の力のおかげなわけなんだね」

そう思いたかった。オレが見ていた化けネコやデーモンは家が見せた幻だったのだと。

希望的観測は、だが沙羅によって否定された。

「違うよ、犬千代」

「なにがだ？」

「ここって住んでいいのは異形の者だけなんでしょ。ってことは、みんなもそうだってことじゃない」

「ひっ」

うん、と五人はニッコリして頷いた。

するすると五人の女子の背後に影が立ち昇る。オレはそれを呆気にとられて眺めていた。

「言ったじゃん、わたしエンジェルだって」

航の背中には、天使の羽を持つ影が揺らめいていた。が、片方の羽は途中でポキリと折れている。

「あ、これ？　ちょっと天上界でいろいろあってね、呼ばれるがままこっちで暮らすことにしたんだ」

「それって……」

天使というより「堕天使」ってやつなんじゃないかい？　「いろいろ」っていったいなにをやらかしてしてきたんだ。

雷はカカカと笑いながら「わたしの父親、毘沙門天なんだ」とやはり背後の影を右手の親指でくいくいと示してみせた。

「わたしさ、神々の世界でやんちゃが過ぎて人間界で修業をして来いって放り出されちゃったんだよね。しょうがないからいま人間やっているわけ」

人間ってしょうがなくやるもんだったのか。つーか、雷と航はどうも属性が一緒らしい。

「わたしは悪魔」

言われなくてもわかる。蓮花には背中に羽のついたデーモンの影が立ちのぼっていた。

「わたし、ちっちゃい頃におかあさんが死んで孤児院にいたんだよね。けっこういじめられてさ、自殺しようとしたところを救ってくれたのが悪魔なんだ」

悪魔は、魂を売り渡して自分も悪魔になったら芸能人にしてやると蓮花をそそのかした。

「あ、だったら生きようかなって喜んで売り渡したの」

君の小悪魔的なかわいさの理由がよくわかったよ……蓮花。

「ニャ〜ン♡」

猫撫で声の主は珊瑚だ。

「ニャンニャンニャン、わたちは化けネコニャンニャン！」

声に合わせて巨大なネコの影も「ニャンニャン！」と招き猫ポーズをとっている。

「わかったニャン♡」

しゃあないからオレもニャンコ芸につきあった。

まあ、珊瑚がネコっぽいのはわかっていたさ。

オレは杜美を見た。彼女が背負っていたのは腕を宙にぶら〜んと浮かせたロメロ的なあれだった。

「本当にゾンビだったんですね」

「そうです。わたしは事故で死んだところを宏大さんと梨紗さんの祈祷で甦ったのです。ゾンビとして」

はあ、とオレは深く息をついた。

「み……みんな本当に、本物のお化けだったのか……」

なんつーオチだ。

急に力が抜けてきた。謎が解けて、代わりに脱力が襲ってきた。

「なに言ってんのよ犬千代。こんなに素敵なみんなをつかまえて」

沙羅は自分を指さした。

「わたしだって幽霊だよ！」

「ゆ、幽霊言うな！　お前は沙羅だ、沙羅なんだ」

「わたしが見える犬千代だって、普通じゃないよ」

「そうかもしれないけど」

一瞬、記憶がカットバックした。

オレが泣いている。

オレは幼い。
オレはなぜ泣いている？
妹が死んだからだ。
オレは訴える。「沙羅は死んでいない」と。
相手は誰だ。母か、父か。それとも祖父か。
泣かないで……と声がする。
誰の声だ？
梨紗伯母さんか。
できるだけ、やってみるから。
伯母さんはそう言って、オレの額に手を当てる。なにかを口にして唱える。
これは本当の記憶か？
目眩がしてきた。だいぶ疲れているようだ。
「で、どうなんですか？」
沙羅が空に向かって尋ねた。
「犬千代は、合格？　それとも不合格？」
〈ふっ〉
声が笑った。
〈合格……見事合格だよ。管理人としてこの家を守ってくれ〉
「やった！」

〈それと、恋人のこともな〉

「やりぃ！」

なに勝手に話を進めているんだか、こいつらは。

けれどオレはなにも言えなかった。身体から急速に力が失われてゆく。連日連夜の逃走にバトルに睡眠不足。心も体もとっくに限界を超えていたのだろう。

「こんな管理人だけど、あらためてよろしくお願いします！」

沙羅がみんなに挨拶している。みんなの拍手が雑木林に鳴り響く。オレはもう聞くだけだった。

意識が遠のく。眠い……。

どこからか見えない手がのびてきた。

オレを抱き上げ、そっと運ぶ。

付喪神の手か。


次に目が覚めたのは、自室のベッドの中だった。

腕の中には、よく知っているぬくもりがあった。

カーテンを閉じていない部屋の中に月光が射し込んでいた。

「……おにいちゃん」

「ん？」

いつもの寝言だということはわかっていた。

「沙羅ね、おにいちゃんと……」

それ以上は口をもごもごさせるだけで聞き取れなかった。

オレはずれていた布団を妹の肩にかけなおす。

気のせいだろうか。いつもより強く沙羅を感じる。

感じる。

まるで生きている人のような、そんなぬくもりを。

【後日談】～変わらない下僕の、だけどもしかしたら幸せな日々～

タンポポという花をご存知だろうか。

知らないわけないですね。道端や野原でよく見かけるあの花のことだ。うっかりすると踏んづけてしまいそうな、お日様と同じ色をした小さくて可憐な花。世間的には、タンポポとはそういう「かわいい花」として認識されているだろう。

でも、それがタンポポのすべてではない。

暦は六月である。月が明けて最初の週末を迎えたこの日、オレは曼荼羅シェアハウスの庭で頭を抱えていた。

「これを片付けるのか……」

目の前には、茎が子どもの背丈ほどにのびた、およそ「かわいい花」のイメージからかけ離れた野性味溢れるタンポポたちが鬱蒼と生い茂っていた。

「つーか、タンポポって最後はでかくなるんだったよな。忘れていた……」

タンポポだけではない。手入れらしい手入れをせずにいたおかげで、シェアハウスの庭はジュラ紀の森もかくやと言わんばかりのジャングルと化していた。その辺からゴリラが顔を覗かせてもおかしくないといった感じだ。

むろん、事ここに至るまで放置していたのは管理人たるオレの責任である。

言い訳はすまい。

とはいえ、ここでなにも言わないことには話が前に進まないので言おう。

あの最後の戦いにかろうじて勝利し管理人の試験に合格したオレは、沙羅とともにシェアハウスに住みつづけることになった。

この二ヶ月は、目まぐるしく過ぎた。晴れて正式な管理人になったオレに、住人たちは遠慮なく用事を申し付けるようになった。

「犬千代、アイス食いてえ～。買って来てくれよ。それと腰揉んでくれ」

言葉遣いから、これが誰のセリフかはみなさんにもおわかりであろう。

「ねえ犬、わたし犬飼いたい。飼ってもいい？」

これを言ったやつは、すぐに「あ、でももう飼っているからいいか、キャハハ！」とこちらが一言も発さぬうちに一人で話を完結させた。

「……病院に付き添ってください」

青い顔をしたある御方からはこんなお願いをされた。青白い外見通り、ときおり貧血を起こすこの方は、公園の向こうにある病院に通院していた。歩くと少し距離があるので、オレは伯父さんの車に彼女を乗せて病院へと送った。ていのいい運転手である。もっとも彼女に言わせれば、オレは「見張り役」なのだそうだ。想像するに難くないが、病院という空間は、彼女の持つ本能になにがしかの刺激や作用を与えるものらしい。

「間違ってどなたかに食指が動いたりしたら困りますので……」

おそろしいことを、彼女は恥じらいながら言った。

「犬千代くん、わたし海外出張だから、ネコたちにごはんあげといてくれる？」

「公務」とやらで先月末から三週間の予定で外国に行かれたネコ耳の御方からは、シェアハウスの門の前に集まるネコたちにエサをやるよう頼まれた。最初のうち、オレは知らなかったのだけど、この御方は毎朝こうやってネコたちにエサを与えていたそうなのだ。

その数、およそ三十匹。これだけのネコにエサをやるのはなかなか骨が折れる。おまけにネコたちのなかには、礼が言いたいのか、それとも自分の狩りの腕を認めてもらいたいのか、捕まえた小鳥や虫をオレのもとへと運んで来るやつもいる。おかげで後始末が大変である。ちなみに「公務」とはなにかわからない。勤め先もあいかわらず謎のままである。

「いいから黙って着て！」

抵抗するオレを蛇の道へと引きずり込もうとしているのは、言うまでもなくあいつだ。

「い、イヤだよ。どうせブログにアップする気だろう！」

「当たり前でしょ。入魂の一作なんだから協力してよ」

「犬千代、夜なべして作ってくれたんだからね。着なさい！」

ちら、と横を見ると、すでに「入魂の一作」をまとった沙羅が幼稚園の先生みたいな顔でオレを睨んでいる。

「夜なべだと？　どうせまた作るのに夢中になって寝るのを忘れただけだろ」

「いいから着なよ。もたもたしていると学校に遅刻しちゃうよ」

「もういいよ、沙羅ちゃん。犬千代がどうしてもイヤだっていうんならわたしが犬千代に化ければいいんだ」

「ゲッ！」

そうだった。こいつには「変身」という裏技があったのだ。

「なにがゲッだ。はい、もういいよ。行って行って」

「オ、オレに化けてなにをする気だ。その服を着ていったいなにを……」

「あんなことやこんなこと♡　沙羅ちゃん、いっぱい絡もうね」

「うん♡」

「うん、じゃねえっての！」

冗談ではない。ネット上で破廉恥なことなどされた日にゃ今後の人生にかかわる。

「……わかったよ。着ればいいんだろ」

そしてオレは「入魂の一作」であるタキシードに着替えた。例によってデコレーションだらけのその服は「純白の妖魔」とやらが結婚式に臨む際に着る衣装なのだそうだ。一方の沙羅は黒いドレスに身を包んでいる。こっちは「漆黒の聖魔」なのだと。なんでも妖魔と聖魔の国は幾千年にも渡って果てなき戦いをつづけてきたそうで、二人はその戦いを終わらせるべく「結婚」という道を選んだのだそうだ……知るかっての。

ともかくというか、というわけで、オレはその結婚式のシーンを沙羅とコスプレで再現することになったのだった。

「はい、腕組んで！　もっとくっついて！」

くっついた。

「はい、抱き上げて」

抱き上げた。

「はい、見つめあって」

見つめあった。

「はい、顔を寄せてもっと見つめあって」

顔を寄せた。もっと見つめあった。ドキッとするくらいかわいい顔がオレを見ていた。

「はい、誓いのキス！」

沙羅が瞼を閉じた。唇をそっと差し出してきた。

鼻と鼻がぶつからないように、オレも顔を傾けた。唇と唇が静かに合わさっ……。

「うおっ！」

我に還ったオレは胸からガバッとのけぞらせ、タコ口になった唇を慌てて沙羅から離した。

「うおっ、うおっ、うおおおっ！　オ、オレはなにを！」

はあはあぜいぜい。やばいやばい。マジやばいとこだった。

「こらっ、ちゃんとやれ！」

「こらじゃねえよ！　なにさせるんだよ」

「キスしなきゃ誓いにならないだろ！」

「ならないだろって……」

「レイヤー魂見せろ！」

「オレはコスプレイヤーじゃない！」

「オタ根性見せろ！」

「オレはゲーマーではあるがアニヲタではない！」

「漆黒の聖魔を愛していないというのか！」

腕の中の沙羅を見る。いたずらげな光を放つ瞳の中にオレが映っていた。

「やらないと……作品として完成しないよ」

そう呟いて、「妹」は唇をつんと尖らせた。

「あのな、沙羅。オレたちは……」

「きょうだいとかつまんないこと言ったらコロすからね」

「ぐっ……」

このあとのことは想像にお任せするとしよう。

付け加えておくと、「沙羅をあまりブログにアップしないでほしい」というオレの希望は、いまではなかったことにされていた。

なかったことにしちゃったのは、沙羅本人である。すっかりコスプレーヤーになってしまったMD06様は、自ら写真をじゃんじゃんアップするようになってしまったのである。

で、話をもとに戻すと。

こんな具合に瑣末なことから大事に至るまで、住人たちの私用にこき使われるようになったオレは、本来の管理人の業務である庭の手入れすらろくにできずに日々を送っていた。その結果が、目の前に群生するのびたい放題のタンポポたちというわけだ。かわいいと思わせておいて巨大化したり増長したりするあたり、まるでもって誰かさんたちである。

かような毎日だからして当然、大学にも通うのが精一杯だ。

サークルにはとうとう入り損ねた。

キャンパス内を歩くと、サークルの仲間同士だろう、男女でキャッキャとはしゃいでいる光景をよく見かける。

その輪の中に、オレはいない。

孤独である。

アルバイトでもしようかと思ったが、むろんそんな時間はない。

大学とシェアハウスを往復するだけの生活。せめてもの救いは、住人たちがつくる料理がどれもこれも存外にうまいということくらいだろう（後片付けは当然オレの仕事となっている）。

夜の見回りは、あいかわらずつづいている。

いまのところ、これといった異常はない。

だが、風のない夜にときおりざわざわと雑木林の枝葉が揺れたりすることがある。

なにかが来そうな気配は、ある。

家が呼び寄せてしまうそのなにかに対処するのは管理人の仕事だ。

そのときが来たらどうしよう。

むろん、兵法上の最上策をとるに決まっている。

〈三十六計逃げるに如かず〉

思うに、オレは戦士ではなく軍師タイプなのだ。

付喪神様になんか言われたら、そう答えよう。

たぶん、「この臆病者め！」と怒られるだろうけれど。

だってしょうがないじゃん。それがオレなのだから。

シェアハウスに来て二ヶ月。いろんなことがあった。驚いたこともいっぱいあったし、オレにしては珍しく全力投球でぶつかったこともあった。

あの晩のバトルのことはけっして忘れない。

へたれでこわがりのオレでもあんなに頑張ることができた。本音をさらけ出すのはものすごく恥ずかしかったけれど、同時にすがすがしさも覚えた。あの夜、オレはずっと隠していた自分の気持ちにやっと向き合うことができた気がした。管理人の試験にも合格できた。

なにかを成し遂げた。そんな達成感があった。

けれどこうして二ヶ月が経ってみたところで、オレはあらためて気が付いたのだった。

な～んにも解決していないじゃないか！　ってことに。

なのだ。

実は、なんにも解決していないのだ！

自分の心にどんな変化があろうと、沙羅は「ゆ○○い」で妹のままだし、この家が世間の常識から逸脱していることに変わりはない。だいたいあの住人たちはなんなのだ。どいつもこいつも謎だらけだ。おかしいだろっての。あんまり謎が多過ぎて、もはや訊く気も起こらない。

考えてみれば、オレは伯父さんたちにまんまとはめられたようなものだ。

はめられて、下僕にされて、おもいっきりこわい思いまでさせられて、超恥ずかしい告白まで強要され、人の道を踏み外しそうになり、挙げ句夢だったスマイル満載のキャンパスライフは露と消え、今日も今日とて貴重な青春の一時を草刈りなんぞに費やさねばならない。

物置から出した刈払機のバーを、オレはぐっと握りしめた。

みんなが友達と買物をしたり映画を観たり、恋人とデートしたり、昨日からのお泊まりでまだベッドの中でいちゃこいているようなこのときに、なんでオレはこんなところでこんなことをしていなきゃいけないのだ。

日本でいちばん地味な大学生、恋の女神からも青春の王子からも見放された哀れな落伍者、それがこの駿河犬千代だ。いや、ある意味「恋の女神」は微笑んだのかもしれないのだけれど、それはそれで大問題で、いったいこの先どうしたらいいのやら、ううう、ぐぐぐ……。

「くそっ」

なんだか泣けてくるぜい。

あんなにがんばって受験勉強したのに。東京に行ったらきっと薔薇色の学生生活が待ち受けていると思ったのに。

それなのに、なんで。

スイッチを入れた。

ウイイイイ――――――――――――ン！　と円盤状の刃が回転を始めた。

「ぬおオオオオ――――――ッ！」

オレはタンポポたちに八つ当たりをした。

スパスパと容赦なく刈った。

「ふっ、ふふふふ。ふふふふふ」

際どい笑みを浮かべながら、サディスティックに植物たちを成敗してゆく。タンポポたちから見れば、オレは無慈悲な殺戮者に映ることだろう。

だが、心では泣いていた。

なんで、なんで、なんで！　と叫んでいた。

どうしてオレはいつもこうなんだ。実家では姉や妹たちに小馬鹿にされ、いじられ、やっと抜け出したかと思いきや、姉妹たちをも凌駕するとんでもない女子たちに下僕にされ……いや、いいヤツらなんだが、見かけもとてもかわいいのだが……あいにくオレは人間以外の女子とはねんごろになる気はないのである……まあ、その前にあいつらがオレのことをそんな目で見るとは思えないが……てか、オレにはすでにねんごろな相手が……。

「うわあああああ————————っ！」

絶叫した。

「くそおおおおお————————っ！」

オレにできるのは絶叫だけだった。

「オレはいったいどうしたらいいんだああああ——————————っ！」

それはともかく。

やり始めてすぐに、これは大変だとわかった。マシンは勢いよく草を刈っていくのだが、なにしろ庭が広い。刈った草は集めて捨てるか燃やすかしなきゃいけないし、毎日何時間かやっても全部終わるまで二、三日はかかりそうだ。

季節は初夏だ。汗だくになるのにそう時間はかからなかった。

「まったく、広過ぎる家ってのも困りもんだな」

刈払機のモーター音でかき消されるのをいいことに、オレはひとしきり文句を垂れた。

「だいたいこの家、神様なんだろ。出し惜しみしていないで神力で庭くらいどうにかしてくれよっての」

そこに「声」が響いた。

〈聞こえているぞ！〉

「ひっ」

ひさしぶりの「声」だった。

〈この怠け者め〉

「怠けていないでしょ。働いているでしょ！」

〈まあ、そうだな〉

ふっ、と「声」が笑った気がした。

〈疲れたか？〉

「そりゃあね」

〈ならば褒美をやろう〉

「褒美？」

〈お前が幸せになるものをくれてやろう〉

「オレが、幸せに？」

問いに「声」は答えなかった。

代わりにやって来たのは、水しぶきだった。

「わわわっ」

後ろから誰かがホースでオレに水をかけていた。

「な、なにすんだ！」

「暑そうだったからさ」

ホースを持っていたのは沙羅だった。ＭＤ０１に借りたノースリーブの花柄ワンピースを着ていた。

「少し代わってあげようか。それ、貸してみ」

「お前には無理だよ」

ホースならともかく、いくらなんでも沙羅にこれは重過ぎる。

「大丈夫だよ。最近、わたし力持ちになってきたし」

「無理だって」

「いいから」

ホースを置くと、沙羅はぐいとオレを押しのけ刈払機を自分の手に持った。スイッチを入れ、足もとの草を刈り始める。

「あはは。たーのしい！」

ワンピースの裾を揺らしながら踊るように草を刈ってゆく沙羅を、オレは呆然として見ていた。

いつの間に、こんな重い物まで持てるようになったのか。

もしこれが、この家に来たことでそうなったのだとすれば、オレは家に感謝しなきゃならないだろう。

「なにボケッと見てんの。刈った草でも集めたら」

振り返った沙羅は、無邪気な顔で笑っていた。

その沙羅を見て、確かにオレは感じてしまったのだった。

「幸せ」を。

おわり

あとがき

はじめまして。仲野ワタリです。

『妹は幽霊ですが、なにか？』、いかがでしたでしょうか。軽い気分で楽しめるライトノベルとはいえ、読むにはそれなりの時間が必要なのが小説というものです。皆様ご自身の貴重な時間を本作のために割いていただいて、作者としてたいへん感謝しております。どこか一シーンでも、あるいはキャラクターのひとりでも、気に入っていただける部分があったとしたら、これ以上の幸せはありません。いや本当に……。

かしこまった挨拶はこのへんにして、ぶっちゃけ話でもいたしましょうか。

本作は、へたれの主人公♂に複数の美少女&美女が絡むという、いわばラノベの正道を行く、もしくはそう大きくはずれてはいないところに位置する（と作者は考えております）作品です。登場する女子は妹を含めて六人！　うーん、けっこうな大盤振る舞いですよね。

だけど、実は最初からこうだったわけじゃなかったりするのです。とくに、なにが違うかって「沙羅」。本作ではおもいっきりヒロインの沙羅だけど、作者が最初にこの話のプロットを考えたとき、沙羅は「おまけ」キャラでした。登場はするものの、出番は物語の中盤。「犬千代」という主人公は女姉妹の中で育った、という筋書きを考えたときに、「これだけいるんだから、ひとりくらい犬千代にしか見えないという設定で幽霊にでもしておこうかな」と、ものすごく安易につくったのが沙羅だったのです。ストーリーも恋愛色はまったくなく、バトルもありませんでした。航や雷たち五人の最凶女子たちも凶悪とはいえ異形とのハイブリッドではなく、いちおう普通の人間でした。

それが話を詰めていくうちに、作品は大きく様変わりしたのです。

「これっ！　この幽霊の妹！　これをメインに！　フィーチャーしてくださいっ！！！」

メール越しでありながら、「フンフン！」という荒い鼻息が聞こえてきそうな勢いで沙羅を「推しメン」に推挙したのは、誰あろう、本企画のプロデューサーであるサクセスの鈴木政幸さんでした。この鶴の一声で妹@幽霊の沙羅は脚光を浴びることに。こうなると不思議なもので、作者の中でも沙羅の存在感がぐぐっと増して、結果、冒頭からラストまで沙羅が大活躍することとなったのでした。と同時に、航たちシェアハウスの住人も全員異形化、シェアハウスも付喪神に、と、もはややりたい放題。ドタバタ度がアップし、はては熱いバトルが展開されるという、書く方も書かれるキャラたちも全力投球の作品となりました。ついでに恋愛度も急上昇。しかもお相手は「妹」。執筆中は「ラノベはこうでなくちゃ！」という気持ちで書き進めました。

ともあれ、こんな感じでまわりの方の意見を拝聴しつつできあがったのが本作です。とてもとても、作者ひとりの力で生まれた作品などとは申せません（もちろん、文責のすべては筆者にあります）。

にしても、犬千代と沙羅は、そしてシェアハウスの住人たちは今後どうなるのでしょう。皆様もそうかもしれませんが、作者も気になって気になって仕方がないところです。

妹は幽霊ですが、なにか？

この作品はフィクションです。
実在の人物・団体・事件などにはいっさい関係ありません。

妹は幽霊ですが、なにか？

2015年5月18日　初刷発行

著　者 ―――――― 仲野 ワタリ

イラスト ―――――― 桜木　蓮
編集人 ―――――― 山本洋之
企画・制作 ―――― 株式会社サクセス
発行人 ―――――― 吉木稔朗
発行所 ―――――― 株式会社 創芸社
〒150-0031 東京都渋谷区桜丘町2番9号 第1カスヤビル5F
電話：03-6416-5941　FAX：03-6416-5985
カバーデザイン ―― 石田大志
印刷所 ―――――― 株式会社 エス・アイ・ピー

ISBN978-4-88144-206-7 C0093